新潮文庫

かけら

青山七恵著

新潮社版

9480

目次

かけら

かけら

綿棒のようなシルエットの父がわたしに手を振って、一日が始まった。

中央通り沿いに続くイチョウ並木の下、すぐ脇《わき》にそびえる幹とまったく同じ角度で、父は背中から朝日を受けて立っていた。

駅前のロータリーでは、タクシーのクラクションやバスのエンジン音、待ち合わせの呼び声が濃い空気の層になって、ビルのすきまの空に絶えず押し出されていく。イチョウ並木に横付けされたバスの前では、青いチョッキの係員が行き先を叫び点呼をとって、一列になった人々がバスに乗り込んでいく。

手を振っている父の周囲には、出発を待つ女たちのグループがいくつもたむろしていた。背格好も年齢もばらばらなのに、笑い声はどれも似ている。中には子どもや若い男女の姿もあったけれども、彼らは彼らで眠そうな顔をしているか、不安気な顔をしているかのどちらかだった。

首もとまできっちりボタンをとめたポロシャツ姿の父は、そういう風景に貼《は》り付けられた一枚の切手みたいだった。たまたまそこを通りかかった人のようにも見えた。

女たちの輪を通り抜けて近寄ると、父は振っていた手を禿《は》げあがった額に持っていって、「暑いなあ」と言った。やせた胴体にはポロシャツがぴったりと張りつき、半ズボンからのぞく脛《すね》は、つま先で蹴《け》ってみればそのまま花壇の上に倒れこみそうなくらい、弱々しい。

「ほんと、暑いね」

それほど暑くはなかったけれど、答えておいた。

父と二人で日帰りのさくらんぼ狩りツアーに出発するため、わたしは土曜の朝七時の今、ここに来ている。

まだ、なんでわたしが、と思っている。本当は家族五人で来るはずだった。

朝早い出発だというので、昨日の夕方数ヶ月ぶりに都内の実家に帰ると、先に着いていた兄の小さい娘が熱を出していた。心配した母が行かないと言い、兄も行かないと言い、残ったわたしも行かないと言いかけたところで、「じゃあ二人ね」と、母が決定事項を宣言する声で言ったのだった。

母は三人分のキャンセルの電話を旅行会社に入れ、振り返って「二人ね」と再び念を押すように言った。父は何も言わなかった。兄は娘の鞠子《まりこ》ちゃんを膝《ひざ》に抱きながら、にやにやとわたしを見ていた。

「なんでよ、お兄ちゃん、りか子さんに面倒見に帰ってきてもらえないの？」

「だめだよ、りか子は来週まで帰ってこないよ。息抜きだから。なあ鞠子」

鞠子ちゃんは、丸い顔をまっかにしてリンゴジュースを飲んでいる。

「でも一日くらい」

「いや、だめだよ、今日から熱海なんだから。母さん、りか子が帰ってきても鞠子が熱出したって、言うなよ」

「なんで？」

「俺がちゃんと面倒見てなかったって、怒るだろ」

「あんた、母親に子どもが熱出したこと秘密にするなんて、そんなおかしな話ないわよ」

「そうだよ、普通言うでしょそれは。別にお兄ちゃんが家に残らなくったっていいじゃん。お母さんがいるんだから」

「英二、行くならもう一回電話するわよ」

「いや行かない。鞠子をほっといて、さくらんぼなんか食えない」

「そんなこと言って、お兄ちゃんはただめんどくさいだけなんでしょ。あたしが代わりに面倒見てるよ」

「でも桐子《きりこ》は写真を撮りに行きたいんでしょう。いいじゃない行ってくれば」

「そうだよ」

「なんであたしだけ」

「お前だけじゃなくて父さんも行くんだからいいだろ」

「そうよ桐子、たまにはお父さんと二人もいいじゃない」

反論しようとすると、鞠子ちゃんが咳《せき》こんで、ジュースをテーブルにこぼした。

兄は動揺し、背中をさすり、母はあわててふきんを取りに立ち上がる。

ジュースがテーブルの上をつたい、そこに広げてあった夕刊の角をゆっくり濡《ぬ》らしていった。読んでいる父はそれでも何も言わなかった。


そもそも、りか子さんが家出をしたからこういうことになってしまった。りか子さんは子どもっぽい兄とは不釣合いなほどのクールビューティーで、かんしゃく持ちにはとても見えないのだけど、ときどき兄の言葉で言えば、「キーっ」となるらしい。先週そんなふうになったりか子さんは、息抜きをすると言って高崎の実家に帰ってしまった。いつもは鞠子ちゃんも連れて帰るのに、今回はどういう意地の張り方なのか兄のほうが「鞠子は自分で面倒を見る」と言い張って、ぐずる鞠子ちゃんの手を引き、歩いて十分ほどの実家に連れて来たということだった。

結婚してから四年、わたしがまだこの家にいたころから、兄夫婦は何回もそんな状態になっている。ただし、険悪なのは別居の始まった最初の三日ほどで、それが過ぎてしまえば兄はわざわざ実家に寝泊まりしながら、毎晩りか子さんと楽しそうに電話で喋《しゃべ》っていた。別居は一週間足らずで終わることもあれば、鞠子ちゃんが生まれる前は二ヶ月近く続いたこともある。

とりあえず、家出三日目の電話でのやりとりで、今回の家出は二週間と期限が決まったらしい。

電話を切った兄からりか子さんの熱海旅行の計画を聞いた母は、パートの帰り道に旅行代理店の前に設置されたさくらんぼ狩りツアーのパンフレットを「たまま」目にして、そのまま中に入った。そこで、自分たち夫婦と、嫁に家出された息子と孫娘、わざわざ神奈川の奥地の大学を選んで家を出た娘、という五人分の席を予約して帰ってきたのだった。

その内容は、朝七時に新宿に集合し、観光バスに乗り込み、長野のどこかにあるさくらんぼ園でさくらんぼを好きなだけ食べ、高原を走る観光道路のビーナスラインを走りながら車窓の景色を楽しむ、というものだった。パンフレットで見る限り、他のバスツアーでさくらんぼ狩りと組になっているのは、ワイナリーで試飲だとか高原列車に乗車して温泉、とか、それなりに趣向を凝らした感のあるものだったのに、母が選んだのはひときわ地味なビーナスラインのコースだった。たぶん、一番安上がりだったからだと思う。

だいたい、ニッコウキスゲにはまだ早いのだ、今の時期は。

結局、主催者の母と兄と鞠子ちゃんは残り、わたしと父だけがこうして、バスの出発を待っている。

今朝起きて、居間に父がいないことに気づいたときは、中止になったのだ、と一瞬ほっとした。

「お父さん行かないって？」

コーヒーを飲んでいる母に聞くと、父が「新宿の朝の空気が吸いたい」と家を五時に出て行ったことを教えてくれた。

しばらくイチョウの下で待っていると、『ビーナスライン』の看板をつけたバスの前で、青チョッキの人が点呼を始めた。なかなか名前を呼ばれないので、母が間違って五人分のキャンセルをしたのかもしれないと考え始めたころ、やっと「二名さまでお越しの、遠藤さまあ」と甲高い声が呼ぶのが聞こえた。

バスはほぼ満席だった。指定された座席は最後列から二番目で、そこまで通路を歩いていくあいだ、両脇の人々からもの珍しそうな視線をたっぷり浴びた。男と女の二人連れというのは、わたしたちと、他には明らかに夫婦とわかる中年の二人の、二組しかいないようだった。あとは小さい子どもをまじえた家族連れか、年齢のばらばらな女のグループだった。

前を歩く父のやせた後ろ姿を見ながら、ふと不安になる。この人とわたしはちゃんと親子に見えているだろうか？

父はわたしに窓側の座席を譲った。外で待っているときには、バスに乗った後で何か話せばいいと思っていたけれど、いざ隣に座ってみたところで地図やごみ袋と一緒に網ポケットに話題が用意されているわけではなかった。わたしはとりあえず、備え付けの長野県地図を眺めた。父は座ったまま何もせず、バスの出発を待っている。

板ガムを一つ口に入れ、父にもすすめようとしたところで、バスガイドが自己紹介を始めてエンジンが動き出した。

母は「たまにはお父さんと二人もいいじゃない」と言っていたけれど、確かに父と二人で出かけたことなど、記憶にない。

小さいころはそんなこともあったかもしれない。ただ、もともと父は子どもの扱いがうまいほうではないし、口数も少なく冗談などは口にしない人だった。年頃になったわたしが父を「お父さん」でなく「遠藤忠雄《ただお》」という人間として観察してみようとしても、磁石の同極同士のように、「お父さん」以外の視点を持ったわたしから、「遠藤忠雄」は一定の間隔でふよふよと逃げてしまうようだった。

一度、家の玄関先で父と当時高校生だった兄が殴りあいの喧嘩《けんか》になったことがある。細い体に顔を蒼白《そうはく》にした父が日に焼けて体格のよい兄ととっくみあっている姿は、幼稚園児が本物の相撲取りを相手に奮闘しているみたいだった。ちょうど風呂《ふろ》からあがったばかりだったわたしは、仲裁に入る母を助けようともせず、自分の肌から立ち昇る湯気と一緒になって父への興味が消えてなくなっていくのを感じていた。同情とも軽蔑《けいべつ》ともつかない気持ちだけが残った。喧嘩の原因を兄に聞いても、教えてくれなかった。どうせ父のほうに正当な理由があるのだろうけれども、わざわざ本人に聞くほどの興味ももはや覚えていなかった。

結局、彼はただの「お父さん」だという結論に落ち着くのが、いちばん楽だったのだろう。当時ほかにも考えるべきことが山ほどあったわたしは、つかまえられそうでつかまえられない「遠藤忠雄」をそのままにして、忘れてしまった。

会話の糸口にしようとしているのかなんなのか、わたしは父と二人で出かけた記憶をどうにか思い出そうとしている。窓の外には高層ビルが消え、バスは手入れの行き届いていない街路樹と、色あせた壁に小さな窓がはめ込まれた建物が続く通りを走っていた。ガイドが配った紙コップの麦茶をわたしはいつの間にか全部飲んでいて、バスが角を曲がった拍子に、空のコップが小さいテーブルの上で転がった。

このバスにはガイドの他に「添乗員」なる若い女も乗っている。さっきまで彼女が今日の天気や一日の予定を心地よい低音の声で話していたけれど、今ではそれに代わって後ろに座る女子大生たちの高い声が耳につく。わたしもキャンパス内のベンチで同級の女の子たちとたわいない話をしたりするが、そういうときの自分も、はたから見れば後ろの女たちと同じくらい浮わついた若者に見えているのだろうか。

早起きをしたわりに目を閉じても眠くならない。ガムをもう一枚口に入れ、トートバッグの中からカメラの入ったケースを取り出してみる。友人に誘われて先月入った写真教室で、先生に勧められたこの機種を六回の分割払いで買った。高い買い物だったけれども、とりあえず買ってしまえばそれが新しい趣味になるだろうと思った。今回の日帰りツアーも、あまり気は進まなかったものの、風景写真の課題にちょうどいいと思って母の事後承諾を受け入れたのだ。

ストラップを首にかけファインダーに目を近づけたりしていると、父は興味があるのだかないのだかわからないような目で、わたしの手元を見ている。

「それ、一眼レフってやつか」

「そう。一眼レフ」

「写真撮るのか」

「写真教室、通ってるから」

「いつ？」

「毎週木曜」

「大学の授業か」

「違う。写真教室。個人の」

「いつから」

「先月」

「そうか」

バスが信号待ちのために停車した。窓の外には、すすけて貧弱な屋根に不釣合いなほど大きな看板をつけた古い民家が見えた。青地に白抜き文字で『青木金物店』と書いてあった。わたしはもう父との会話を終えた気になって、『金物』とは具体的にどういうものを指すのだろうとぼんやり考え始めている。一番最初に思い浮かんだのは、餅《もち》を焼くための金網だった。実家に帰ったのは今年の正月以来だった。

「で、何を撮るんだ」

質問はするものの、父の視線はすでに目の前のテーブルに載った麦茶に注がれていたし、その声は母に「台ふきん、とってくれ」と言うときの声と同じように、たいした意思もなく聞こえた。わたしは数秒の沈黙の中、二人が『父と娘の対話』というコントか何かをやっているような気持ちになった。と同時に、後ろの女子大生たちの盛り上がりのせいか、どうにかここで言葉を続けなくては、という妙な圧力も感じた。

「テーマが、かけら」

「かけら？」

「かけら、っていうテーマで撮って来いって」

「何だ、かけらって」

「だから、例えばあそこに見えてる金物店の看板とか、あの木の下に転がってる空き缶みたいなやつとか、そういうのじゃない。よくわかんないけど」

「かけらか」

「たぶん、世の中はかけらであふれてるって言わせたいんじゃないの」

「そうか。難しそうだな」

バスが動き出して、青木金物店の看板も見えなくなる。カメラは手のひらでごつごつと角ばって、扱いづらかった。こんなに重くて角ばったものが手になじむときが来るのか、いぶかしく思った。写真教室にいるカメラを首から下げた人たちは、なんだかやたらにかっこよく見えるが、自分はそういうのとはちょっと違うような気がする。わたしはカメラをケースにしまい、それをまた、トートバッグの中にしまった。

前のほうでガイドが立ち上がって、もうすぐ高速に乗ること、次のサービスエリアまで一時間ほどあること、などをアナウンスした。

サービスエリアに止まったバスから別々にトイレに行った後は、父と売店で待ち合わせることになっていた。サービスエリア独特のミニチュアの監獄のようなトイレから出て外の空気を吸っていると、冷房で冷えた肌に日差しが気持ちよく、そこで売店から出てくるはずの父を待つことにした。

花壇のふちに腰かけ、ぼんやり周りを眺めているうち、同じように少し離れた花壇に腰かけている父の姿を見つけた。わたしには気づいていないみたいだった。売店で待ち合わせることになっているのに、父のほうでも中に入っていく気配がない。バスが出発するまでまだ十分ほどあったし、立ち上がるのも面倒だったので、そのままそっちに目をやっていた。

すると、父の前を通りかかった白髪のおばあさんが売店に上がる低い階段でつまずき、遠目からでもかなり危険な転び方をした。父はさっと立ち上がり、おばあさんを助け起こし、足元のおぼつかない彼女を周りの人とかつぐようにして売店の奥に連れて行った。わたしは花壇に腰かけたまま、父があれほど機敏に動けることに軽いショックを受けていた。見てはいけないものを見てしまったような気がして、足元に視線を落としコンクリートの上に散らばっている土の粒をじっと見つめた。あんなふうに父が人を助けるところを初めて見た。父がわたしや兄や母を助けたという記憶を、今見た光景と同じくらい鮮やかに思い出すには、もう少し時間と手がかりが必要だった。

売店に隣接する不細工な塔のてっぺんにある時計は、あと数分でバスへ戻る時間を示している。おばあさんの怪我《けが》がひどくなければいいけれど、と思ったけれど、バスに向かって歩き始めたときには、ああ、カメラを持っていれば人助けをする父を撮れたかもしれないと、そんな節操ないことを考えていた。

出発の時間になっても父は戻らなかった。五分ほど遅れて、通路の両脇《りょうわき》の人々に向かってぺこぺこと頭を下げながら、座席に戻って来た。

「先に戻っちゃった」

わたしが言うと、

「ああ、いいよ」

と答えて、また静かになった。

さくらんぼ園にはそれから一時間もしないうちに到着する予定だった。

途中ガイドが、通りかかった町の炭鉱にまつわるあやしげな昔話をする。その昔、この町に炭鉱や工場が作られ始めたころ、運営の指導団としてしばらく欧米人が滞在したのだという。欧米人が飲む赤ワインを見て、町の住人たちは「あれは働きに来ている若い女工の血だ」と勘違いして、大騒ぎした、という話だった。

「血が、あんなにさらさらなわけないじゃんね」

話の途中でわたしがちゃかすと、父は「そうだな」と返事した。バスの中にはまだ笑い声が残っている。退屈なので、しまったカメラを取り出してバスの中から窓の外の風景を何枚か撮った。

父は助けたおばあさんの話をしなかった。わたしもその必要はないだろうと思い、何も言わなかった。

高速を降りて、しばらく市内の道を走った。遠くに輪郭だけ見えていた山が、今ではその盛り上がったところ、へこんだところ、木が茂っているところまで肉眼で見えるくらい近くにある。ようやく窓の外に赤い実をつけたさくらんぼの木が見え始めると、喋《しゃべ》りつかれてうとうとしていた女たちがうわあと口々に叫び、車内が急に騒がしくなり、それにうんざりしたかのようにバスが力なく停車した。カメラを首からぶらさげて外に出ると、澄んだ空気に女たちはますます大げさな歓声をあげる。まだ十時前だった。

小高いところにあるさくらんぼ園の隣には、満開とまではいかないものの、白い小さな花が咲いたそば畑が下りの斜面に広がっている。その白い地面が終わるところに深緑のりんごの木の連なりがあり、その向こうには細い道路、そしてまた白い花の地面が広がっている。風景が視界におさまらない。ぜんぶを見ようとすると、すぐに焦点が合わなくなる。

更に向こうには、青い巨大な石のようなアルプスの山々があった。北とか中央とかいろいろあるらしいけれど、わからない。たぶん父に聞いても知らないと思う。どこかに一つ大きなアルプスという山があって、あそこに見えているのはそのかけらと言えないこともないだろうと、その場で何枚かシャッターを押した。

園内と農道を仕切る網をくぐってさくらんぼ園に入ると、ツアーの一行はめいめいに気に入った木になっている実をつまんで、次から次へと口に放りこんでいる。一番手前にあった木は大きく、手が届くところにすでに実はなかったけれど、背伸びをして何個か実をつまんだ。赤と橙《だいだい》と黄色が混じったような色の実は、手のひらに乗せて太陽の下で見ると、人が食べるものではないように見える。喉《のど》が渇いていたし、慣れない人の隣に座ってどこか緊張していたのか、五限目の授業が終わったときのように頭がぼんやりしていた。わたしは何も考えず、しばらくさくらんぼを食べ続けた。

　少し落ち着いたところでさくらんぼ園の中に父を探してみると、農園の人と間違われたのか、アメリカンチェリーの木の周りに集まってきた中年の女たちに取り囲まれている。手の届かない高いところにあるのや、入り組んだ枝の根元になった赤い実を彼女らに一つ一つとってやっているらしい。

　父はこれといって主張も害もなさそうな顔つきをしていて、性格にがめついところもない。浮世離れしているようなところもあるが、派手に遊びはしないし、背が高いという点以外はあまり男という感じがしない。

　父があと三十歳若く、自分と同じ歳《とし》くらいだったら、と想像してみる。わたしは魅力を感じるだろうか。さくらんぼを一つ食べ終わらないうちに、それはないだろう、と思った。わたしの好みはむしろ、父とは正反対の、よく喋り、どこまでも陽気な男だ。実際、今付き合っている男の子もこちらが気後れするくらいの能天気な性格をしている。家族全員でさくらんぼ狩りに行くことを告げたときも、「へえ、桐子んちって仲いいんだなあ、俺も誘ってみようかなあ」などと、うらやましそうに言っていた。

そうはっきりしてしまうと、今度はなんだか父が気の毒に思えてきて、手のひらにさくらんぼを乗せられるだけ乗せて、後ろ姿へ近づいていった。

「そこ、その葉っぱの奥のもう一個、お願い」

「どこですか」

「もうちょっと右。腕のばしてー、あ、そこそこ」

群がるおばさんの一人の手のひらにつやつやとした赤い実を落としてやると、次の一人からまた注文がやって来て、自分が食べる間もないようだった。それでも父は嫌な顔などせず、おばさんたちの言いなりになっていた。娘としてはあまり見ていて気持ちのよい光景ではないが、先ほどのおばあさんの一件といい、父が一人前の男として人の役に立っているのを見るのは、突然人間の言葉を話し出した犬猫を見ているようで、好奇心が勝って目が離せない。

父は後ろで見ているわたしに気がつくと、「食べる？」とほとんど実がとりつくされたアメリカンチェリーの細い木を指差した。

「もうないじゃん、それ」

また一人、めざといおばさんが高い葉の裏に実を発見したらしく、父のポロシャツをひっぱった。後ろにいるわたしが手のひらのさくらんぼを全部食べ終わる前に、父はおばさんたちに誘われるがまま、別の木のほうに移動していった。

古い民家を改造したような物産センターのレストランで昼食をとった。父は得体のしれないきのこが山盛り入ったお味噌汁《みそしる》が気に入ったらしく、「うまいなあ」とひとすりごとに言う。

「お母さんもこういうの作るじゃん」

「そうだっけなあ」

「ただきのこの量が違うだけで」

「そうだな」

「森のくまさんじゃないんだから、こんなにどっさり入れなくても」

父はそこでふうっとため息をついて、コップの麦茶を少しだけ飲んだ。その動作で、わたしはまた、サービスエリアで人助けをした父を思い出した。今日はなぜだかこの光景がなかなか記憶の襞《ひだ》になじまず、頭の片隅に居座っている。それは数年前に兄と殴り合いをしている父を見たときと同じような気持ちを思い起こさせ、その気持ちは、やっぱり来なければよかった、という結論に向かってもう坂を下り始めている。

「いやあ、うまいな」

「変なきのこばっかり」

「きのこっていうのはもともと変だよ」

「しめじとかしいたけは変じゃないよ。なんか野菜として、普通って感じ」

「桐子の言う、普通っていうのはなんだ」

「それは、食べ慣れてるってだけだけど」

父は答えずに、また汁をひとすすりした。わたしの言葉はそのまま父の体をすりぬけてしまったのか、隣に座った化粧っけのない中年の女だけが、もの珍しそうにこっちを見た。

女の視線と父の沈黙のせいかもしれない。そのときふと、自分は今こうして二十歳になってはいるものの、父ときのこだとか物事の価値だとかについての議論をするほど大きくなってはいない、という感じがした。今目にしているテーブル、料理、女たち、今体に触れているプラスチックの箸《はし》、椅子《いす》、Tシャツと同じくらい、その感じは確かだった。

「ちょっと散歩してくる」言い残してレストランを出た。

レストランの外には、民家とりんご畑が遥《はる》か向こうの道路にさえぎられるまで広がっている。歩き始めたあぜ道の向こうには、さくらんぼ園で見たのと同じようなアルプスの山々が見える。今頃、この山の向こうの遠い東京で、麻雀《マージャン》をしてるか昼寝をしているであろう彼氏に写真を送ってみようと携帯電話を取り出してみると、圏外だった。電話をしまい、腰に手を当てて目の前に広がる田園風景を眺めていると、電波だけではなく、自分はあらゆる楽しみの圏外にいるような気がしてきた。

そこで何枚か写真を撮って、また歩き始めた。

こういうところで、人は何に楽しみを求めて生きているんだろう。りんご狩りとか、ホタル見物とか、ただ自転車でそのへんを走る、とかだろうか。それとも、こんなにのどかで心やすまる風景があっても、家にこもってネットサーフィンなんかをしたりするのだろうか。

そんなことを考えながらぐずぐず歩いていると、驚いたことに百メートルかそれよりもっと先に、父の姿が見えた。不思議なもので、そのくらい遠くに見える肉親には、ほぼ反射的に手を振って気づかせたくなる。もっと近くにいれば、逆に見つからないように避けてしまうだろうに。

お父さん、と手を振りながら叫ぶと、体の後ろで手を組んで何かを眺めていた父は、こちらを向いてちょっと手をあげた。それから腕を下げて時計を見ると、ゆっくり近づいて来る。わたしはその場で足を止めて、靴の先で土を掘りながら待った。

父は歩きながら何か言っている。わたしは「ええ？」と聞き返した。

「もうすぐ時間だ」

「もう？」

「バスが出る。桐子、時計してないのか」

「時計はしない」

「二時に戻ってくださいって、ガイドさん言ってたよ」

「あっそう」

父は背を向けて歩き始めた。

「あたしのほうが先に出たのに、なんであんな遠くにいたの」

「レストランの裏から出た」

「何してたの」

「あっちにきれいな庭の家があったから、見てた」

「どういう」

「大きいバラのアーチがあった。壁は水色。で、庭に花」

「バラのアーチ？　水色？　何それ、すてきじゃん。ほんとに？」

「ああ」

「どこに？」

「あっち」

父は振り返って、もと来た道を指差した。

「ほんとにあるなら、写真撮ってくる」

「あと五分で時間だから、そろそろ戻らないと」

「ちょっとだけ。走ればたいしたことないでしょ。せっかく来たんだし」

「じゃあお父さんは、先に戻ってガイドさんに言っておくから、ちょっと走って見て来なさい」

「わかった。宜《よろ》しく」

わたしはあぜ道を走った。走り始めると、もっと走れるような気がして、最後のほうは腕をふり上げ前傾姿勢で、体育の授業のように真剣に走ってみた。首から下げたカメラが胃のあたりに当たって痛かったので、手につかんで走った。小さな赤い井戸のあたりで立ち止まって振り返ると、父の姿はもう道にはなかった。

父の立っていたすぐ脇にこの小さな井戸が見えたはずなのに、首を三百六十度回してみても、父の言う家は見当たらない。背伸びをしたりしゃがんだり、少し畑のほうに入ったり、死角がないかどうか探ってみたけれど、水色の壁の家はどこにもなかった。「ないじゃん」口に出して言うと、急に腹だたしさがこみ上げてきて、痛んでいるわき腹を取り出してこののどかな風景に投げつけてやりたくなった。

でも、わたしはそのわき腹をぎゅっと押さえて、もう片方の手でカメラをつかみ、もと来た道をレストランのほうに小走りで帰った。

朝とは逆で、今度はわたしが頭を下げながらバスの通路を歩いた。父は立ち上がって、わたしを窓際《まどぎわ》に座らせた。

「なかったよ」

「ええ？」

「家。なかった」

「いや、あったよ」

「どっこにも、ありませんでした」

「違う方向に行っちゃったんじゃないの」

「お父さん、その家、ちゃんと見たの？」

「見たよ」

走った距離が短すぎたのか、父が指差す方向を間違えたのか、どっちにしても改めて腹がたつだけだろう。「適当なんだから」と言い放って、わたしは窓にもたれた。それでもなんとなく、目は父が見たという家、バラのアーチがある庭を窓の外に探していた。りんご畑と民家をいくつか通り過ぎ、広い二車線の道路に入ったころには、もうどうでもよくなっていた。

ガイドがこれから目指すビーナスラインの由来について話していたけれども、わたしは携帯電話を取り出して、彼氏宛《あて》に「何してる？ さくらんぼ狩りツアーは長いです。」とメールを打った。今度は圏外ではなかった。

「桐子、着いたよ」と声をかけられて目を開けると、霧ヶ峰のレストランの駐車場に着いている。途中のビーナスラインではすっかり寝入ってしまい、今がシーズンだというレンゲツツジも全然見られなかった。バスがゆっくりと駐車しているあいだ、売店でぜひカリンジュースの試飲をするよう、添乗員がマイクなしで声をはりあげていた。

バスを降りると、空気がひんやりしていて心地よい。道を挟んだ向こうの丘の頂上までは往復で二十分くらいかかるそうだが、やることもないので歩いてみることにする。誘ってもいないのに、父は横を歩いている。

「カリンジュース、飲めるらしいぞ」

「あ、なんか言ってたね」

「後で飲みに行こうか」

「時間があればね」

「桐子、時計持ってないで、時間は何で計るんだ」

「計る？　時間を計るの？」

「講義の時間とか、遅れないのか」

「携帯の時計があるから」

「腕に時計があると便利だぞ」

「携帯だって便利だよ」

振り向くと、丘の向こうに着陸するのか、ハンググライダーの白い機体がすぐ上にせまって見えた。父はぐっと首を上にそらせて、何も言わずに歩いた。

丘の上にはホテルのチャペルにあるような大きな鐘があり、立て看板には『幸せの鐘』と書いてあった。色違いの服を着た双子の男の子たちが鐘を打つ綱をむやみやたらにひっぱっている。鐘つき台の向こうには、冬にはスキー場になるのだろう、誰も乗せていないリフトが斜面の下まで続いている。さっきのハンググライダーはその斜面のずっと向こうに着陸していた。押し付けがましい幸せの鐘の音を、ほとんど動きのない風景が分厚い紙ナプキンのようにゆっくり吸い込んでいく。

わたしは鐘つき台の真正面にあるベンチに腰掛け、小さな兄弟が鐘ならしに熱中するのを見ていた。見ているうちに、その白い台のまだらなはげ具合とか、擦り切れた綱、この涼しさ、このただ広く開けた空と原っぱを、自分はなんとなく知っているような気がしてきた。いくつかのぼんやりした夏の思い出をたどっていくと、この場所、といっても鐘と遠くに見える山と涼しさ、という三つの要素が、おぼろげながら一枚の写真という形で頭に浮かび上がってきた。

父は、あいだに小さい子どもがもう一人座れるくらいのすきまを空けて、わたしの隣に座っている。

「お父さん、今ふと思ったんだけどね、もしかしてここ、来たことない？」

「何？」

「ここ。来たことあるような気がするんだけど。お母さんとお父さんとお兄ちゃんと。小学生のとき、いや違う、もっと前」

「そうだな、あるな。桐子は忘れてるかと思ったよ」

「知ってたの？」

「いや、お父さんもさっき思い出した」

わたしはちょっと身動きすればすぐに吹き飛んでしまいそうな記憶を、慎重に思い出し始めた。

たしか数年前の年末に、古いアルバムをめくっていてその写真を見つけたのだ。頭からタオルケットをかぶって、青白く不機嫌そうなわたしは向かって一番左に位置し、鐘つき台のふちに腰掛けていた。その隣に母、兄、父が並んで立っていた。写真のわたしたち四人と、その背後に広がる曇った空のあいだに、今目の前にしているあの鐘があった。まだ家庭と幼稚園という世界しか知らなかった小さなわたしは、今子どもたちが走り回っているあの場所に腰をかけて、サンダルばきの足を二本、カメラの前にぶら下げていたのだった。

「あそこの鐘のところで、写真を撮ったと思う」

「え、どこだ？」

「あの鐘をバックにして、みんなで写真撮ったよ。アルバムに入ってた」

「そうか、あそこでか」

だからといって、今日鐘つき台で父と二人写真を撮って帰るなんて、そんなセンチメンタルなことはしたくなかった。

あの写真に写っていた子ども二人がいまやそれなりにものを知って、それぞれの生活を持って、兄など新しい家族まで作ってしまって、十数年後の今に至るという事実は、なんだか作り話のように思える。でもわたしは今、現に父と二人で鐘つき台を見ているし、兄も家で娘の面倒を見ているはずなのだから、どちらかと言えば写真のほうが作り物なのではないかという気もする。

今頃母は何をしているだろう。兄は、ちゃんと鞠子ちゃんの面倒を見ているだろうか。隣に寝そべって、だらしなく読書しているだけじゃないだろうか。

父も同じようなことを考えていたかはわからないが、ぽつりと「お母さんや英二は、何やってるかな」と呟《つぶや》いた。

「別に何もしてないと思うよ。鞠子ちゃん、熱ひいたかな」

「どうだろうな」

「お兄ちゃんも来ればよかったのに。お母さんがいるんだから、家にいる必要、絶対なかったよね」

「英二も、疲れてるんだろう」

「あたしだって疲れてるもん」

「そうか」

「お父さんだって疲れてるでしょ」

「いや」

「疲れてないの？」

「桐子ほどは」

「あたし、そんなに疲れてるように見える？」

「今、疲れてるって言っただろう」

わたしは意味ありげな沈黙を作ってから、少し強い調子で言った。

「お父さんて、ほんと話しがいがないね」

は、は、と乾いた声で父は笑った。

「なんか、ただ水に石を落っことしてるみたいなんだよね。お父さんと話してると」

「そうか」

「お父さんは前ここに来たときだって大人だったんだから、ふつう覚えてるんじゃないの」

「いや、本当に今さっき思い出したんだよ。ずいぶん昔だったから」

「お母さん、なんか言ってなかった？」

「いや、お母さんも忘れてたんじゃないか」

わたしは膝《ひざ》の上に両肘《りょうひじ》を立てて頭を落とし、髪の毛をぐしゃぐしゃと乱した。髪のすきまから冷たい空気が地肌に触れる。

「お父さん、そんなふうだとそのうち全部忘れちゃうよ」

「ああ、そうだな」

父は力なく笑った。それもすぐに鐘の音にかき消された。

「それに、もっと主張しないと、あたしたちからだって忘れられちゃうよ」

「いいよ。お父さんは実際、いないようなものだ」

「何それ」

今度は意図せず、わたしは黙った。

少しだけ、一緒に住んでいたころの父を思い出した。

食後の散らかったテーブルだとか、ベランダのクッションがやぶけた椅子《いす》だとか、階段の下に置いてある荷物置きの台とか、そんなもののあいだにすっとなじんで、そのまま同じ風景になっていた父。何種類あるのかわからないグレーの背広を着て、朝八時きっかりに家を出、駅へ向かう人々の中にすぐにまぎれてしまう父。

今でも、父という人間は、決してあのなんとかアルプスのようにくっきりとした形では、見えない。

「これはかけらだな」

父が出し抜けに言った。

「え、何？」

「これは、かけらだ」

「これって何」

「今、見ているものとか、ここにあるもの全部。お父さん。桐子。あの鐘。全部。これがお父さんの主張」

かけらとは、青木金物店の看板だとか、道に転がった空き缶だとか、山の切れ端だと、わたしは思った。でも、父の言うとおり今見ているもの、ここにあるものの全部が何かのかけらだとすれば、その何かとはどんな形をしていて、どれほどの大きさをしたものなのか。

「そうですか」

わたしはバスに戻ろうと立ち上がった。背後で父が、「写真、撮らなくていいのか」と言っているのが聞こえた。

帰りの高速道路はひどい渋滞で、退屈しのぎに寝て過ごすしかなかった。ただ、いくら目を閉じて窓枠に頭をもたせかけても、ビーナスラインでよっぽど熟睡したらしく、眠ることができなかった。さっきまで後ろの女子大生たちはさんざん文句を言っていたのに、今ではすっかり寝静まっている。父は彼女たちよりずっと前に寝ていた。色白の父の手は、貧相な体つきと歳《とし》のわりにはふっくらしていて、しわのよった半ズボンの膝に半分上向きになって放り出されていた。

新宿駅が近づいてくると、父はひとりでに目を覚ました。今度はわたしが目をつむって、寝ているふりをした。

今日は暑かったなあ、とつぶやくのが聞こえる。そうだね、と答えそうになる。

家に帰ると、鞠子ちゃんはまだ寝込んでいて、母は夕飯を作るのに忙しく、兄は居間のソファでパソコン雑誌を広げていた。帰りのサービスエリアで買った『雷鳥の里』を手渡すと、「おお、ありがとう」と言って雑誌を読みながらがつがつ食べ始めた。

「鞠子ちゃんは」

「なんか、熱はさがったんだけど、まだちょっと苦しそうなんだよな」

「そんなの読んでていいの」

「ずっと横にいてじいっと見つめてたって、子どもは元気にならないんだよ」

「お母さん、りか子さんに言うと思うよ」

「お前、おとな気ないな。そんなに一緒に来てほしかったのか？」

「お父さんと二人は難しいよ。心底」

兄は本から目を上げて、珍しい虫でも見るような表情でわたしを見つめた。包み紙に描かれた雷鳥がもう五、六羽、パッチワークのソファカバーの上に落ちている。

「桐子、お父さんに難しさを感じたのか？　お父さんはむしろ簡単だぞ」

「だってぜんぜん芯《しん》がないんだもん。気骨とか、覇気とか、ぜんぜん」

「お前、そういうのを求めてたのか」

部屋着に着替えた父が居間に入ってきて、乾いた足音をさせてわたしたちの横を通り、台所に抜けて行った。

「求めてなかった」

答えると、兄はすぐさま興味を失って、雑誌に目を落とした。母が夕飯の手伝いをするようわたしと兄の名前を呼んだ。


結局その日の写真を現像に出したのは、三週間以上もたってからのことだった。さくらんぼ狩りの翌週から梅雨に入ったせいか、わたしはなんとなく外出がおっくうになってしまって、カメラケースごと部屋のテレビ台の上にうっちゃっておいたのだった。写真教室では、これまでに撮った写真の中から数枚を適当に選んで、提出した。それは雑誌のコンテストに応募されることになっていて、結果は二ヶ月後に発表ということだったけれども、わたしは早々に期待するのをやめた。

梅雨もそろそろ明けそうな今日になってやっと、夕方のアルバイトが終わったあとで、近くの電器屋に現像に出した写真を受け取りに行った。自転車で走っていると、昼過ぎまで降り続いていた雨のせいで、いつもより柔らかいアスファルトの感触がペダルの足の裏につたわった。道の白線はときどき光って見えた。

店を出てからすぐ、駐輪場の自販機の横で受け取った写真にぱらぱら目を通してみたけれど、どれもこれも似たようなアングルでぱっとしない。「自然」とか「日本の美」とか、あたりさわりのないタイトルならなんでも似合いそうな平凡な写真ばかりだった。それでも何か美点を見つけられはしないかと、わたしは自販機によりかかり、今度は一枚一枚をじっくりと眺めた。バスの中から撮ったぶれた写真、そば畑の写真、その向こうの山並み、さくらんぼを食べる人たち、あぜ道、丘から見た霧ヶ峰……切り取られて、音も匂《にお》いも失った風景たち。

疲れと失望を感じ始めた三順目で、そば畑からさくらんぼ園を写したうちの一枚に、中年の女たちに混じって父の横顔が小さく写っているのを見つけた。撮ったときには全然気づかなかった。

右奥の木の下に立っている父は、さくらんぼを欲しがるおばさん連中に囲まれながら、不思議とそこに写っている誰のことも見ていないようだった。顔は少し上向きで、口が半開きになっていて、表情は読みとれないけれど、その横顔はやっぱり父だった。

どこを見るでもなく何を言うでもなく、ただ空間に向けられた視線が、写真の中を斜めに突っ切っている。

じっと見ていると、わたしは昔からちゃんと父を知っていたという気がしたし、同時に、写真の中の人はまったくの見知らぬ人であるようにも感じた。もたれた肩から伝わってくる自販機の熱とかすかな振動は、どこまでも続く沈黙に守られたその風景を散りぢりにしてしまいそうで、わたしは体をまっすぐにした。

父の視線は写真をはみ出して、雲の切れ目に薄い色の星が浮かぶ東の空に向かっている。

欅《けやき》の部屋

初めて会ったとき、小麦の口の端には小さな傷があった。

安い居酒屋の個室で、彼女は僕の真向かいに座っていた。隣に座った女が、白いふちどりつきの尖《とが》った爪《つめ》で「これどうしたの」とつっつくと、小麦は「ぶつけた」とだけ答え、でたらめに調合した試験管をのぞきこむみたいに相手の顔をじっと見た。女は目をそらせて短く笑い、右隣の男たちの話に入っていった。

一人にされて正面の僕に向き直った小麦の、タンクトップから伸びる腕のつけねはがっしりしていて、摑《つか》んでみなくても骨太だと見て取れた。背が高いのか、テーブルに並んでいる女の子たちに比べて一人だけ頭も胸も高い位置にあって、ピーナツをつまんだ指先は痛そうなほど深爪にしてある。隣の女のよく整えられた爪と小麦のそれとは、まったく別の部品に見えた。

僕はふと、目の前に座っているこの女を好きになったらどういうことになるだろう、と仮定してみた。ビールが運ばれてきて、乾杯があり、テーブルの端の奴《やつ》が勝手に自己紹介を始めた。僕は最初から四番目だった。小麦は最後から二番目だった。

日焼けして、化粧もろくにしていない彼女は、ただひとこと「三宅小麦です」と名乗った。僕の隣にいた男がすかさず「かわいい名前だね」とほめると、うんざりしているのを隠そうともしないで、「はあ」とだけ言った。僕はその顔を見ながら、厚手の紙袋にぱんぱんに詰められた小麦粉が、袋に開いた小さな穴から一気にざあっと流れ出して、どこまでも尽きずに落ちていくところを想像した。なぜそんな想像をしたのか、わからない。ただ、急に喉《のど》が渇いたような気がして、喉もとに手をあて、ビールではなくぐっと唾《つば》を飲み込んだ。

小麦は小さく丸い目で、僕の左肩のあたりをつまらなそうに眺めていた。

僕はその日のうちに彼女の電話番号を聞き出し、一週間後に食事の約束をとりつけた。三回目の食事を終えて、僕たちは付き合うことになった。

それから二年過ぎて、別れ話をするときも、小麦は僕の左肩のあたり、同じところを見ていた。

ときどき、小麦と過ごした二年間は全く時間の無駄だったんじゃないかと思う。二年間、それなりにいろんなことがあったはずなのに、僕が覚えている小麦との思い出は全《すべ》て気恥ずかしさとしらけた気持ちをまぜこぜにしたもので表面がコーティングされていて、当時の感情はその下で冷たく固まってしまっている。だから、小麦を思い出すことはあっても、ガラスケースに展示された古文書を眺めるみたいに、そこにあったはずの意味とか、なまなましさはもう伴わない。

四年前、小麦と別れるにあたり、彼女からもらった数少ない手紙（といってもそれは大学ノートの切れ端やちらしの裏に書かれた実用的な伝言メモだった）は全部捨てた。誕生日にもらった名刺入れも、カフスボタンも捨てた。小麦だって僕にもらったものは全部捨てているだろう。

それなのに、小麦も僕も、まだ同じマンションの違う部屋に住み続けている。僕には僕なりの理由があるし、小麦は小麦で何か事情があるか、もしくは全くないかのどちらかだろう。

僕はもうすぐ結婚する。相手の女性は華子という。出会いは小麦のときと似ている。一年ちょっと前、会社の先輩の紹介で、というか飲み会で知り合った。同じビルに入っている会社の女の子たちと飲むから来い、と言われたのだが、僕はたいした下心もなくその会に出席した。もちろん女の子が来るに越したことはないんだけど、そのころ関わっていた案件のひたすら単純なテストを繰り返す作業が一段落して、たまには楽しく酒を飲みたいと思ったのだった。自己紹介のとき、華子は僕の勤める会社の二階下のフロアで、不動産会社の受付をしていると言った。

もう互いの両親への挨拶《あいさつ》も済ませたし、婚約指輪を贈って、お返しにオメガの腕時計をもらった。来年の春に入籍をして、結婚式をする。その他もろもろのことは、華子がうまくやってくれている。

式場の下見に行った忙しい日曜の夜、食事を終えて華子は言う。

「ほんとに結婚するのかな」

「誰が」

「あたしたち」

「するよ。今、少しずつしてるよ」

「今？」

「そう。まさに今、結婚しつつあるんだよ」

「今？　どの今？」

「今。今、今、今、今」

ソファに仰向《あおむ》けになって繰り返す。僕の今はこうして進んでいる。

そして、小麦の今は、と考えている。

最近、僕の思考回路はこういうややこしい方式で組まれているらしく、小麦のことを一瞬でも思い浮かべなくては、次の思考へ簡単には進めなくなる。

正直、小麦のことはしばらく思い出していなかった。

別れた当初に小麦との予期せぬ遭遇を避けるためにやっていたこと、つまりエレベーターでなく階段を使ったり、一階のメールボックスのチェックは週に二回だけ、それも人がいないような早朝を狙《ねら》って済ますことは、もう僕の日常になっていた。

今になって急に思い出す回数が増えたのは、いよいよ来月、この住み慣れたマンションから引越すことになったからだと思う。
つい先日、婚約したのだからもう一緒に住んでしまおうと華子が提案し、僕のほうでは少しの反論もなかったので、今月中に新居を探し、早ければ来月の半ばから入居することにした。華子は新しい部屋のことで、いっそうエネルギッシュに想像を膨らませていた。彼女の住む駅と僕の住む駅とを結ぶ直線のちょうど中間あたりに、条件の良いマンションがあるのだと言う。

華子は小さな朝顔柄のメモ帳に、いくつも四角を書いて、その中に長方形や円形の家具をいろいろなパターンで配置してみせる。

「これ、どう？ ベッドが左奥で、右がテレビ。隣の部屋は仕事部屋にして、本棚とパソコンを置く。どう？」

「仕事部屋って、誰が仕事するの」

「諒助でもいいし、あたしでもいいし」

「家で仕事はしたくないな」

「じゃああたしがする」

「なんの？」

「なんか書いてみようかと思って」

「何を」

「脚本とか」

「脚本？」

「そう、脚本。ドラマの脚本」

「俺、脚本家の夫になるのかあ」

「そう、諒助は脚本家のだんなさんだよ、どうする？」

華子はメモ帳の四角の上に、自分の名前を書く。慣れてくると、くずして書く。ひとふで書きでさらさら書く。

「ペンネームは旧姓のほうがいいかなあ。こっちのほうが見た目、きれいじゃない？」

言いながら、テーブルに置いた左手は、ピアノを弾くように指先を軽やかに鳴らしている。僕は楽しくなってくる。僕は脚本家の夫になり、華子はエンジニアの妻になる。

四年前に小麦と別れてから、僕の暮らしはほとんど変わっていない。

さすがに新入社員だったころの漠然とした不安と呑気《のんき》さは消え、帰りは終電近くなる日もあるけれど、特に太ったり痩《や》せたりはしていないつもりだし、食べ物の好みも、髪型だって変わっていない。以前に時折あったように、自分の行く先にまるで根拠のない希望を感じることはなくなったが、その代わり絶望を感じることもない。ただし、不安だけは今でも残っている。昔と比べて、その不安は現実的に、みみっちい種類のものになっている。

朝は、華子と会社の最寄《もよ》り駅で待ち合わせをし、ほんの五分ほど一緒に歩いて通勤する。僕たちが歩く地下道はまだ夜の気配を隅のほうに残し、低い天井をハトが飛ぶ。ホテルから駅方面に歩いてくる外国人観光客以外は全て、駅からビル街に向かって歩いていた。僕たちは決して手をつながないが、互いのカバンがぶつかるくらい、近くを歩く。近所を散歩するのと変わらない速度で歩く僕たちを、人々が追い越していく。見分けのつかない背広の男たち、ひらひら揺れるのやぴっちり体に巻きついているようなのや、色も形もさまざまなスカートを身につけた女たち。カスタネットのような無数の靴音が灰色の通路に響く。

背はそれほど高くない華子だけど、どうにかしようとする気はまったくないらしく、いつも高校生が履いているローファーのような靴で出勤していた。かかとの高い靴は、すぐに靴ずれができて痛いそうだ。たまには、足首に細いベルトがついたサンダルや、ふくらはぎがきゅっと上がるきゃしゃな靴を履いているのを見てみたいとも思うけれども、平たい靴を履いたほっそりと形のよい足は、どんなに急いでいるときでもどこか愉快げに、僕の隣で地下道を進んでいく。

小麦はいつも早歩きで、前傾姿勢で、正面から向かって来るときなど自分が何か悪いことをしでかしたのではないかと後ずさりしたいような気持ちになったものだった。がっしりした体格と常に何かを我慢しているような表情のせいで、簡素な格好をしているときはトレーニング中の長距離走者のようにも見えた。それでもどこかちぐはぐな感じがしたのは、彼女がいつもかかとの高い靴を履いていたからだろう。

もともと恵まれた背の高さにもかかわらず、小麦はそういう靴を履くのが好きだった。足の甲で交差するベルトのついたやつや、赤いエナメルのぴかぴか光るやつや、ピエロが履くような先がとんがったひも付きのやつなど、とにかくたくさん種類を持っていて、そんな靴を履くとぐんと小麦は大きくなった。僕は彼女の背が自分より高くなるのが誇らしかった。奇妙なことかもしれないけれど、背の高い女と付き合っていると、自分があらためて大人になったような錯覚に陥った。

僕は、身の回りに起こるあらゆる事象を、自分が大人になったと感じられるかどうかでその価値を測るようなところがある。朝、結婚を約束した人と会社へ続く地下道を歩く、というのも、僕の中ではかなり「大人」の部類に入る。

小麦とはよく神社を散歩した。

大学の同級生たちはしょっちゅう街へ出て夜遅くに帰ってきたものだが、僕たちは街とは反対の方角にある神社や、住宅街を歩くのを好んだ。冬はぴったりくっついていて、夏は人一人分くらいのスペースが空いていた。小麦が暑苦しいのを嫌ったからだ。散歩の途中に喉が渇くと、彼女は神社の裏にある水道をひねって水を飲む。小麦と神主さん以外にはめったに蛇口をひねられない、見捨てられたような水道だった。

小麦の僕に対する愛情は、この神社の裏の水道に似ていた。

蛇口がひねられたときには、小麦はこちらが恐縮するほど僕の近くにいた。いちばん長くその栓が開いていたのは、付き合い出して三ヶ月目くらいから半年間ほどだ。そのあいだは、授業に行くとき以外は僕の部屋に入りびたり、しまいには大学の反対側の地区にあった部屋を引き払って、僕と同じ賃貸マンションに引越してきた。僕が四〇五号室で、小麦は三〇三号室だった。

ただし、何かのきっかけで、きっかけなんてあったのかどうかも今となってはわからないけれど、一度蛇口が閉められてしまうと、小麦は決して自分から僕に接近しなくなる。僕は何度もその水道に水を流そうと、あまり自分が疲れない程度に、あらゆる手を使った。本を差し入れたり、映画に誘ったり、高い焼き菓子を買ってみたり。

あまりに素っ気ない態度を取られ続けたとき、小麦が部屋から出てくるまで、半日廊下の隅の非常階段で待ったこともある。立ったり座ったり、階段の銀の手すりを何回も手のひらで行ったり来たりした。

昼食前から待ち始めてやっと夕暮れの時間になった頃、本を返しに行くつもりなのか、いつも図書館に行くときに持っている水色のトートバッグを持った小麦がドアから出て来て、僕を見つけ、言った。

「何やってるの」

「待ってれば出てくるかと思って」

「合鍵《あいかぎ》持ってるでしょ。なんで使わないの」

「勝手に入るの、嫌なんだよ」

「どうして。勝手に入っていいからあげたのに」

小麦は、ロングスカートについた糸くずかなんかをしきりに指でつまんでいた。

「そういうところはちゃんとしたい」

「そういうところって何」

「だから、勝手に、こっちの都合だけで小麦の個人的なスペースに入りたくないってこと」

小麦は瞳《ひとみ》で深呼吸するように、ゆっくり目を見開いた。その黒目に、ついさっき点灯された廊下の蛍光灯の光がたくさん入って、見覚えのない暗い緑色に見えた。

「聞いてる？　合鍵はもらったけど、それに甘んじたくないってことなんだよ」

「甘んじる……」

「そう。安易な道をとりたくないってこと。わかる？」

「わかるよ。諒助、難しい言葉、知ってるね」

小麦の目はいつもの小さな丸い目に戻っていた。短くて太いまつ毛がふちどる、素朴な生き物の目だ。

「行こう」

小麦は僕の手を取って、階段を下りて、マンションの周りの一画をひとまわりした。僕はずっしりと重い水色のバッグを持ってやり、二人でそのまま図書館に行った。手すりから僕の手のひらにくっついた細かい埃《ほこり》が彼女の手のひらにも移ったことに、小麦は気付いていないようだった。

最近は、階段の手すりを見るだけで、こんなことを思い出したりする。一つを思い出すと、それが引き金になって、また別の思い出がやってくる。それらの思い出を覆《おお》う気恥ずかしさは、思い出す頻度によって厚さが違う。ある出来事を初めて思い出すとき、僕は一番恥ずかしい。

何度も思い出すうちに恥ずかしさは薄れてくるが、その代わり、思い出は近づきすぎたのか、遠ざかったのか、ピントが合わなくなってくる。最後には、ぼやけた砂地の写真のようになるのかもしれない。


小麦とは通りで会うこともめったにない。仕事は順調だろうか。僕を切り捨てまで付き合いたかった奴《やつ》とはうまくいったのだろうか。

なんとなく、うまくはいかなかったんじゃないかという気もする。

必要のないものはいさぎよく手放す小麦だから、別れを切り出したその翌日にこを引き払ってもおかしくはなかった。僕はそう思い込んで、新しい部屋を探すことなどしなかった。どうしてふられたこっちが、と意地にもなっていた。もともと僕が先に住んでいたマンションなのだから。

それでも、あの殺風景な部屋で一人暮らしている小麦を思うと、少々心が痛む。

小麦の部屋は極端にものが少なかった。そのとき僕が知っていた、大学生になって初めて部屋を借りた女の子といえば、壊れやすく埃もたまりやすそうな小物でごたごたと室内を飾りたてるばかりだったが、小麦に限ってはそういう浮かれ心とは無縁だった。食器の数だけが少し多いような気がしたが、部屋には、ベッドと小さな本棚とテレビと食事用の低いテーブルがあるくらいだった。

　未練があるというわけではない。あの部屋に小麦が一人でまだ住んでいる、と想像する痛みは、器用に首輪をすり抜けて自らはぐれていった飼い犬が雨ざらしになっているところを想像する、愛犬家の痛みと同じだ。

　青空の下、しっぽを振って好き放題に駆け回っていると思えば、むしろ腹立たしささえ感じる。

　華子とは、付き合って一年もしないうちに結婚を決めた。華子が三十歳になる日の一週間前、僕が一人でプレゼントを買いに行った日だった。

　デパートのキッチン用品売り場で、僕は彼女が以前雑誌で見て「かわいい」と言っていたヤカンを買うつもりだった。八階でエレベーターを降りるとすぐ、ドイツ製ビールサーバーの店頭販売が行われていた。ままごとのような小さいプラスチックカップに注がれたビールを手渡され一口で飲みほすと、初めて会ったときの飲み会で、顔の大きさくらいあるビールジョッキを手に持った華子が、「三十までには子供を作りたい」と言って周囲から笑われていたのを思い出した。

三十まで、という言葉に、三十は含まれているのか、含まれていないのか。

僕はここまで考えて、目当ての贈り物を探しにかかった。それはたやすく見つかった。

赤いヤカンをぶら下げ、レジに持っていくと、光るネームプレートを胸につけたレジ係の若い男が「ご自宅用ですか」と聞いた。

僕はデパートを出たその足で華子の住むマンションに行き、結婚を申し込んだ。華子は二つ返事で承諾した。ヤカンは婚約の記念として、その日にあげてしまった。一週間後の誕生日には、今度は二人で同じ売り場に行って、アイスクリームメーカーを買った。華子は嬉《うれ》しそうだった。

華子の笑顔は素敵だ。それは、彼女を紹介した先の全《すべ》ての人が言う。顔のすぐ近くでぱちぱち花がはじけているかのように、楽しげに口を横に広げて短く笑う。あっけらかんとしているが、優美なようでもある。両頬を、やわらかい手のひらでふざけて叩《たた》かれているような快さがある。横で見ていると、僕の妻になる人の笑顔は、すでに風流の域に達している、と思うことさえある。

小麦と付き合っていたころは、彼女の素晴らしさを知っているのは僕だけだと、得意に思っていた。

小麦の外見上の見どころは、名前が示すように見事に均一な小麦色の肌の美しさと（お尻《しり》やつむじや二の腕の内側まで同じ色なのだ）、ぐっと伸びきった木の幹のような背の高さだった。遠くから小麦を見るときは、高校の校庭の隅にあった欅《けやき》の大木を思い出した。初めて会ったときの印象のとおり、腕や足は細くはなくて、厳しい冬を素裸で乗り切る欅のように力強いのだった。

学食や図書館で向かい合って座るとき、無造作にテーブルの上に腕を投げ出していたり、構内のベンチに座って僕を待つその足が所在無げに揺れているのを見るにつけ、僕はむしょうに彼女にしがみつきたくなった。

口数はふだんから少なく、部屋に二人でいるときも小麦はたいてい本ばかり読んでいたけれど、僕がアルバイトに行くときはときどきおにぎりを準備してくれたし、お盆や正月に僕が実家に帰るときは長距離バスのターミナルまで送ってくれた。一人になった小麦がそのへんの街路樹と同じように突っ立っているのを見たくなくて、待合所とは逆側の座席にいつも座った。僕がいなくなってさみしいのか、解放された気分なのか、その顔から何かを読み取ってしまうのが嫌だったのかもしれない。

僕は、小麦のことをもっと皆に知ってもらいたいと思った。遊び呆《ほう》けている大学の友達や、バイト先の同じシフトの人や、すれ違うだけの見知らぬ人たちにも。同時に、そういう奴らの目に触れないところに、小麦を隠していたくもあった。僕は小麦のことをあまり人に話さなかった。

飲み会なんかで、興味本位でなんでも話のネタにするような奴らが、「小麦ちゃんとは何して遊ぶのか」とか「どういうパンツをはいているのか」とか「セックスはどんなふうにするのが好きなのか」とか聞いてきても、僕は何も言わなかった。彼らからすれば、小麦は器量も愛想もない、ただ背の高さと肌の黒さが目立つだけの女だった。そんな彼女と、社交的とまではいかないけれど変わり者というほどでもない、いわゆる「普通」の僕のような人間が付き合っていることが、理解不能なのだと言われた。

訳を話してしまえば、小麦とのつながりを一つ、失ってしまう気がした。だから僕は、何も言わなかった。

小麦の心変わりには少しも気づいていなかった。

入社したシステム開発会社では新人研修が終わり、ようやく現場でのＯＪＴが始まったころで、一日中誰かがすぐ隣にいて何かと教えてくれるので、電車に乗っていても、テレビを見ていても、人の声があるところでは常にその続きをしているような感覚があった。小麦は、大学近くの小さな印刷会社に入社して、総務課に配属されていた。もともと無口な性格だから、仕事の文句をもらすこともなかった。小麦が日中どんな仕事をしているかは聞いていたけれど、その内容通り、彼女が訪問客にお茶を入れたり、電話を受けたりしている姿を思い浮かべるのは難しかった。

それは、七月の最初の金曜の夜だった。僕はいつもどおり小麦の部屋のチャイムを鳴らし、台所で夕飯の準備をする彼女を手伝い、テレビの前の小テーブルの上をきれいにした。その晩テーブルに載ったのは、週末に炊《た》いて冷凍してあった白いご飯と、小麦の好きなメーカーのインスタントの味噌汁《みそしる》と、豚の生姜《しょうが》焼きと、きゅうりとわかめの酢の物だった。

デザートのぶどうゼリーを食べ終わって、小麦が言った。

「諒助、ちょっと」

何、と僕はテレビのニュースを見ながら言った。ちょうど天気予報に切り替わったところで、日本地図の上には太陽マークが一様に細かく揺れていた。

「ちょっといい？」

「え、何」

小麦が小さく息を吸う音が聞こえた。吸った息は彼女の喉《のど》の浅いところですぐ折り返され、躊躇《ちゅうちょ》なく言葉に変わった。

「別れたい」

「えっ？」

ちゃんと聞こえてはいたけれども、僕は聞きなおした。小麦は、同じことをもう二度、言った。二回目はさっきより少しゆっくり、三回目はその言葉を舌に乗せるのさえ不快だというように、早口に。

「別れる？」

「そう」

「なんでまた」

小麦は僕の目を見てくれなかった。出会ったときと同じ、僕の左肩あたりに力のない視線を落としていた。すでに何かをあきらめたような目をしていた。

何も言わないうつむき気味の顔を見ていると、小麦の心の中にいたはずの僕の分身はすでに退去を命じられて、行き場を失ったその分身が小麦の薄いまぶたや低い鼻の上に腰かけて「さあ、どうする」と自分を責めるのが見えるような気がした。

「なんで？　理由は？」

あまりに小麦が黙っているので、僕は肩のあたりをちょっとつまんで揺らした。それで初めて気がついたように、小麦は僕の目を見て言った。

「あのね、好きな人ができたの。でも諒助とのことをなくしてから、ちゃんと進めたくて」

なくして、というのが、なかったことにして、というような意味に聞こえた。僕は、失礼だな、と思った。その気持ちは怒りか悲しみのどちらかに向かおうとしたのに、どちらにも行けなかった。ただ自分の無力さを感じただけだった。小麦の決意は固い。いつだって彼女が何か言うときは本気だ。何かしたいと言うとき、本当に心から自分がそう思うか小麦は何回も心の中で繰り返し問い続けて、厳しい精査の後にこれが本当だと思ったときだけ、口に出すような人間だ。二年付き合ったのだから、僕だってそのくらいの把握はできていた。

「それ、本当？」

本当だとわかっていても、僕はまた聞いた。会話を長引かせれば、何かもっとまともな状況を引き出せるかもしれないと思って。

「相手、誰？　俺の知ってる人？　会社の人？」

「それは言えない」

「言えないって、それは知ってる人ってことじゃない？」

「そうかもしれないけど、それは聞かないで」

「教えてよ。誰だよ」

「言えない」

「小麦は教える義務があるよ。だって別れたいって言い出したんだから」

「それ、どういう義務？　そんな決まりなの？」

「決まりじゃないけど、そうじゃないと俺が納得いかないよ。言って」

「ごめん。言いたくない」

「どうせ知ってる奴なんだろ。言えよ」

言い方が強かったからか、小麦は少しひるんだ。ものが言えない動物のように、ただ目だけに抗議の色を浮かべ、また黙った。

それから二人で何分黙っていたのだろう。

沈黙しているあいだ、僕は小麦から視線を外し、カーテンの脇《わき》にあるごみ箱の中身(そこには僕が昨日捨てた新しい歯ブラシのパッケージと、スーツのポケットに溜《た》まっていた一週間分のレシートが捨てられていた)を眺めながら、今までの小麦とのことを思い浮かべられるだけ思い浮かべた。

出会いから初めての食事。短いキス。夜の散歩。朝にするセックス。夏休みに一緒にした市立図書館でのアルバイト。入浴。水を飲むためにかがんだ後ろ姿。

小麦の携帯電話が鳴って、僕は驚いて彼女の顔を見た。小麦は電話に出ず僕を見ていた。

「わかったよ」

それだけ言って、部屋を出た。足がしびれていた。ドアの向こうで、電話はまだ鳴っていた。

小麦とはそれっきり、まともに会っていない。

小麦とのこと、特に彼女がまだ自分と同じマンションに住んでいることを、もうすぐ僕の妻になる華子に言うべきかどうか、迷っている。

終わったことなのだから、もうなんともないのだから、言う必要はないだろう。じきに引越すのだし。でもそれは、結婚相手としてちょっと真面目《まじめ》ではない気がする。あくまで、僕の考える真面目さという意味で。今まで一秒間でも本気で好きだった人が、同じ建物の中に住んでいる、というのは、その事実を経験した僕にとってはただの事実でしかないが、経験していない華子にとっては違うだろう。

ときどき、華子がどうしようもなく小麦に似ている、と思うときがある。付き合って半年くらいでやっと気づいた。つまり、口に出す言葉や性格ではなく、顔が似ているのだ。特にコンタクトをはずして眼鏡をかけたときの顔とか、ベッドの上、すぐ近くで見る目を閉じた横顔とか、食事をするとき上下する頬の感じが。

気づいたときは、さすがに少し気持ち悪くなった。無意識のうちに同じような女性を選んでしまっている。情けなかった。しかも、付き合いだしてからそんなことに気づくとは。

夜、夢と夢とのあいだにふと目が覚めて、隣に華子が寝ていると、一瞬だけ、小麦だ、と思ってしまうことがある。僕は懸命にそこから華子の目鼻立ちを引っ張り出して、小麦の面影をその奥に押し込めようとする。

何かの本の影響なのか、自分たちが生きているのは夢の世界で、本当の世界では全員ただ寝ているだけなんだ、というような仮想世界を小麦は信じていた。言い合いが少しこじれると、「夢だからもういい」とか「どうせ寝てるだけなんだから」などと言って、口を閉ざした。そうなると、謝ることは決してなかったし、視線や動作で仲直りを促すようなこともしなかった。

ただ僕は、万が一小麦の信じている世界のほうが本当なんだとすれば、彼女の頑丈な体がただ寝ているだけなんてもったいないと思った。小麦の体は、しめっぽいベッドに横たわったり疲れたクッションの上に座るためではなく、木に登ったり、ボールを追いかけたり、容赦なく草をなぎたおして裸足《はだし》で歩くために作られていた。

夜、小麦が上に乗ると、僕は草の中に倒れて、その柔らかく丈夫な足の裏で踏みしだかれているような快さを味わった。小麦はいつも目をつむっていた。

別れてから四年間、ずっと小麦のことをひきずっていたわけではない。

もちろん、傷ついてはいたけれども、昔を思って泣いたりとかは、しなかった。

僕は半年ほど恋人のいない自由を味わった。それはそれで楽しかった。終電近くまで残業しても誰に連絡しなくてもいいし、栄養のバランスなど考えず、ただ食べたいものだけを駅前のコンビニで買った。誘われればコンパにも行ったし、誰にも気兼ねせず感じのいい女の子と一緒に食事をしたり、メールをやり取りした。それから、そうやって知り合った二、三人の女の子と付き合った。日曜に買い物に行ったり、連休に温泉に行ったり。爪《つめ》に光る小さい石をつけて、真っ白なコートを着てくったくなく話す女の子たち。一年も経《た》たないうちに、別れてしまった。

最初のうちは、小麦が知ったらどう思うだろう、とあれこれ想像して、その度にほのかに悲しいような気持ちになった。そのくせ、週末マンションに遊びに来るそのときどきの彼女と僕が二人でいるところを、小麦に見せつけたいような気持ちもあった。男らしくないとは思いながら、僕はそれをささやかな逆襲のように考えていたのだ。ドアの前までは行かなかったけれど、階段を上り下りするとき、三階の廊下をちらっと盗み見たりもした。駅からの帰り道、角を曲がってマンションが見えると、三〇三号室の窓に灯りがともっているかどうか、目の端で確認した。

それでも、この四年で僕が小麦と出くわしたのは、たったの五度だけだ。出くわしたといっても、そのうち四回は僕が一方的に彼女の姿を目撃しただけで、僕は常に注意深く再会を避けていた。小麦のほうでも同じだったのかもしれない。

残る一回、僕たちが正面から向き合って言葉を交わしたのは、朝のごみ置き場の前だった。ちょうど華子と付き合い始めたころだ。

通勤前、階段を降りて、マンションの一階にあるごみ置き場へ続くドアを開けると、小麦がキャビネットにごみ袋を放り込んでいた。僕はドアノブを持ったまま、このまま小麦の前に現れるか、ドアを閉めて彼女が去るのを待つか、迷った。僕の答えが出るより、小麦が僕に気付くほうが早かった。小麦はあっ、という口の形をして、少しだけ後ろに下がった。

「おはよう」

僕は努めてなんでもないようなふりをして近づいて行った。立ちすくむ彼女の隣で微笑《ほほえ》みを保ったまま、キャビネットの取っ手をつかみ、奥のほうにごみ袋を投げ

入れた。その勢いで彼女のほうに振り向き、

「元気？」

と聞いた。

「うん、元気」

懐《なつ》かしい、くぐもった声で、小麦は答えた。

小麦は少しふくよかになっていた。くたびれた灰色のパーカーにデニムのスカートをはいている。足元はふくらはぎの途中くらいまである黒いブーツだった。かかとが高いから、やっぱり彼女の背は僕より高かった。前に見かけたときより髪が短くなり、明るい茶色に染めている。肌の色にすごくよく合ってるな、と思った。その上に浮かんだ硬い表情とはうらはらに、小麦の肌は南の島を連想させるような、ひどく陽気な色をしていた。

「諒助は？」

「うん、元気」

「仕事、続けてる？」

「うん、続けてるよ。小麦は？」

「わたしは、あれからすぐに辞めちゃった」

「え、なんで？」

「いろいろあって……」

「今は？」

「今は、カフェで働いてる」

「どこの？　近く？」

「どこっていうか……」

「小麦、コーヒー嫌いじゃなかったっけ」

「飲めるようになったの」

小麦は少しむっとしたような顔で、言い切った。パーカーの首元に、なぜかセロハンテープの切れ端がくっついていた。僕はそれを指摘するべきかどうか、迷った。今度はすぐに、言わないほうが賢明だ、という答えが出た。それに、それ以上突っ込んだ質問をしてはいけないような気もした。なぜあれほど嫌いだったコーヒーが飲めるようになったのか、どこのカフェで働いているのか、なぜこのマンションに住み続けているのか……。

僕は腕時計を見て、「じゃあ」と言った。小麦も「あ、はい」と言った。僕は駅に向かって歩き始めた。後ろでごみ置き場のドアを閉める音がした。

小麦はなんで引越さないのか。

いつまでも変わらないカーテンの色を見上げるたび、不思議に、少し腹立たしく、思っていた。面倒だからか、金銭的に引越しをする余裕がないからか、もしかして、もしかしたら、あまりにうぬぼれた想像なので何度もひっこめようとしたけど、ひょっとして僕との接点をまだ持っていたいからか。

ごみ置き場で小麦と言葉を交わして以来、僕はそこで聞いた少ない言葉から、いろいろなストーリーをひねり出した。

「あれからすぐに辞めちゃった」という「あれ」とは、僕との別れを指すのだろう。僕と別れてからすぐに「いろいろあって」辞めたということは、いちばん可能性がありそうなのは、会社で何か面倒なことが起きたということだ。仕事の問題だったのかもしれないが、恋愛の問題だったかもしれない。小麦の相手は会社の誰かだったのだろう。そいつが妻子持ちだったとか、社内の誰かとふたまたをかけていたとか、たぶんその類《たぐい》の小麦にとって不本意な事実が周囲に発覚し、会社にいづらくなり、退職し、引越すだけの貯《たくわ》えもエネルギーもなかったので今に至る、というのが、僕の想像するいくつもの小麦の「あれから」の中で、もっともあり得るストーリーだった。

コーヒーが飲めるようになったというのも、たぶんその男との関連だろう。

婚約したという知らせは、ごく親しい友人と大学時代お世話になった先生だけに、簡単なメールで知らせた。「今度飲もう」という返事が、テンプレートでもあるのかと思うくらい同じように返ってきた。

僕はその中で、大学時代にアルバイト先のレンタルビデオ屋で仲良くなり、最近すっかり音沙汰《おとさた》のなくなっていた黒川と飲みに出かけることにした。卒業してからはメールだけのやり取りになっていたが、僕と同じ年に大学を卒業した彼は、どこかの派手なイベント会社に入って企画の仕事をしているということだった。小麦と出会った飲み会に僕を誘ったのもこの黒川だった。そして、僕と小麦の付き合いを、半ば退屈しのぎの好奇心から遠巻きに眺めていた連中の一人でもあった。

会社の近くにある居酒屋で八時に待ち合わせをした。久々に会う黒川は、髪を短く切って、前髪をぴんと立てていた。ネクタイもカフスボタンもしゃれていたけれど、学生時代の浮かれた感じはなくなって、そういうものがちゃんと黒川の一部としておさまっている。

一目見て、僕はなんとなく感激した。自分が大人になった、と感じることはあっても、他人が大人になった、と感じることはめったにない。

ビールを注文してすぐ、黒川が聞いた。

「で、小麦ちゃん、妊娠してるの？」

「えっ？」

「できちゃった婚？」

「違う。できてないし、第一、小麦じゃない」

「えっ何？」

「だから、子供もできてないし、結婚するのは小麦じゃなくて別の人だよ」

「ええっウソだろ？　なんでだよ。なんで小麦ちゃんじゃないんだよ」

「なんで小麦なんだよ。小麦とは、ずっと前に別れた。四年前。会社入ってわりとすぐ」

「えっ」

「なんで」

「だって俺、お前と小麦ちゃんが結婚するもんだと思って今日来たんだよ。なんだよ、言えよ」

確かに、僕は小麦と別れたことを、二人の共通の知人には知らせていなかった。自分から言い出すことでもないと思っていた。それに二人の共通の知人など、黒川も含めて、最初に会ったときの飲み会に同席していたうちの二、三人だけだった。

「しないよ、小麦とは。そこまでいかなかった」

「なんで？」

「それはまあ、いろいろ」

「お前がふられたのか？」

「まあ……」

「やっぱりな、俺はふられるのはお前のほうだと昔から思ってたよ」

「別れるって思ってた？」

「いや、そういうわけじゃなくて……なんていうか、うまく言えないんだけど、お前たちは結婚するもんだと思ってた。でもふられるのはお前だと思ってた」

「はあ？」

「だから、結婚してもふられるときって、あり得るだろ」

ビールが運ばれてきて、僕たちは乾杯をした。泡をゆっくりすすりながら、黒川が今言った言葉の意味を考えた。

これから続いていく日々の中で、ある日突然、華子が僕をふる、僕が華子をふる。想像の中で二人をどんな状況に置いてみても、紙芝居のようにうすっぺらい作りものの世界の話だとしか思えなかった。小麦のときだってそうだった。でも、別れはちゃんとやって来た。あらかじめ用意してあったみたいに、有無を言わせずやって来て、僕の生活の隅々に影を落とし、しかし去るときはやって来たときほどのインパクトもなく、地味に消えていった。

「今度の人とはたぶんないよ。結婚って、互いに相手のことを絶対にふったりしませんって約束して初めてするもんだろ」

「お前、意外と夢想家なんだな」

「でもさ、ここしばらく、何かにつけて小麦のことを思い出す。しばらく忘れてたのに。結婚するって決めた今になって急に。初めて会ったときはこうだったとか、散歩したとか、一緒に飯くったな、とか」

「ふうん。あとは？」

「神社に行ったとか階段で待ち伏せしたとか、どうでもいいようなこと」

「なるほどねえ。そういうのって引越しと同じでさ、引越す前って、昔のものをいろいろ整理するじゃん。これは捨てようって思っても、捨てる前にもう一度見ておこうって、一応ひととおりは見るだろ。それと同じで、お前は今になって小麦ちゃんを捨てようとしてるんだよ、でもそのまま捨てるのは忍びないから、いちいちこれで見納めだって律儀《りちぎ》に思い出してやってんだよ、小麦ちゃんを」

「そうかなあ」

「そうそう、流れ作業みたいな感じで、そのうち思い出すこともなくなって、そうしたらごみ袋にまとめてポイだよ。それより、新しい奥さんてどういう人？　名前何？」

「新しくないよ。ふつうの、初めての奥さん」

僕は華子との出会いから、華子の性格と外見の特徴と婚約までの流れを説明した。それはたった一年前から始まったプロセスだ。

初めて会ったのは六年も前なのに、今になって小麦との思い出はそれと同じくらい鮮明に、目の前に浮かび上がってくる。隣で寝ていた小麦の、複雑な曲線で描かれた耳と、その奥にある奇妙な形の暗闇《くらやみ》まで、はっきり思い出せる。

僕は黒川の言葉を、帰ってから寝る前までに数回、自分に言い聞かせた。小麦のことを忘れるために今、小麦のことを思い出している、という言葉を。思い出すことがなくなれば、それが小麦を忘れたということになるのだろうか。

今更そんなことをしなくても自分はもうすっかり小麦のことを忘れている、という考えと、自分はそんなことまでしないと小麦を忘れられないのだ、という考えが、ベッドに仰向《あおむ》けになった体の両端からせり上がってきて、溶け合わないままぐずぐずと、もと来た両端にひいていった。

僕はいよいよ再来週から始まる華子との生活や、引越しのダンボールづめの作業順序や、遅延気味のシステムの工数調整をどういうふうに進めていけばいいか、考えた。そのまま外が明るくなるまでずっと考えていてもよかった。小麦の夢を見たくなかった。

日曜、華子と新居に置く家具を見に行った。

デパートの七階には、北欧から輸入した値段の張る家具がフロアの端から端まで並んでいる。華子はエスカレーターを降りてすぐのカーテン売り場からなかなか動こうとせず、気に入ったカーテンの布地を、表から裏から、人差し指で触っている。僕は、「カーテンは地味な色で」とだけ言って、隣の食器売り場に行った。

白い布が敷かれたテーブルの上に並ぶ大小のナイフやフォークを眺めていると、一番端にしゃもじのような特大のスプーンを見つけて、思わず手に取った。これでかつ丼《どん》とかカレーの類をかっこんでみたい、と思ったら急に腹が減った。横に置かれた写真には、大きな皿に盛られたぐじゃぐじゃの赤い煮物にこの特大スプーンが添えられていて、英語ではない綴《つづ》りのアルファベットがそのスプーンの真下に並んでいる。目を上げると、まだカーテン売り場をうろうろしている華子の姿が見えた。

華子は小麦には似ていない。似ていないだろう。

僕は握ったスプーンに逆さまに映る自分に問いかけた。あそこにいるのは華子という名前の女で、細身の細面で、陽気な性格をしているのに喋《しゃべ》っていないときはしじゅうあんなまじめくさった表情を浮かべて、髪は真っ黒で、背は僕より頭一つぶんは低く、かかとのある靴は履かず、首元にセロハンテープをくっつけたりはしない。だから、小麦とは少しも似ていない。

僕は、色とりどりの布地に囲まれ、幽霊のようにその間を行ったり来たりしている、今頃は生地に触りすぎて人差し指の腹がぱさぱさになっているに違いないあの女性と結婚する。

華子は店員をつかまえ、熱心に何か聞いていた。目をきょろきょろさせた後、食器売り場の僕を見つけ、手を大きく振って手招きをする。僕はスプーンを元の場所に戻して同じように手をあげた。

僕が握っていた柄は白く曇っていたが、すぐに元の銀色に戻った。

その夜、華子は僕の家に泊まっていった。華子の得意料理のホイコウロウが皿に盛られ、そこに僕が買ったあの特大スプーンがつっこまれた。なだらかな曲線を描く柄の半分以上が、不釣合いに皿からはみ出ていた。

「ちょっと、なんでこんなの買ったの?」

「これ、なんかいいじゃん」

「どこがあ? これ、もっと大きいお皿の料理に使うやつでしょ。パーティーのときとかに取り分ける用で」

「そうだろうなあ」

「あっても使わないでしょ」

「いや、使おうよ、毎日」

「何に」

「ご飯盛りとか」

あっそ、と華子は言い、大きなスプーンを抜き出してキャベツを多めに自分の小皿に盛った。それからあからさまに肉を多く盛った小皿を僕に差し出した。

華子は料理がうまい。手際《てぎわ》もいい。別に料理が上手だから結婚を決めたわけではないけれど、結婚したいと思った女性がたまたま料理上手だったということは、ラッキーだと思う。食事中、僕は何度も「おいしい」と言った。付き合って最初のうちはあまり言い過ぎると嘘《うそ》っぽく聞こえるかと思い、自重していたが、本当においしいものを食べたときは自然とその言葉は出てしまうものだ。

「おいしいよ、ホイコウロウ」

「さっきすごい見てたでしょ」

「え？」

「このスプーン」

「や、見てないよ」

「見てたよ。諒助、よくああいうふうに、なんでもじっと見るよね」

「そう？」

「何考えてるのか、何も考えてないのかわかんないけど、あたしのこともたまにそういうふうに見てるよ」

「いや、別に何も考えてないんだと思う……」

「あ、ちょっといい？」

華子は、四年前の小麦と同じ言葉を発した。今二人が座っている座布団《ざぶとん》は僕のもので、食卓に載っている食べ物も部屋の隅にあるごみ箱の形だって違っていたけれども、問いかける華子の顔が思いきり小麦に重なった。

僕は即座に、二人はもう終わっていたのか、と思った。あのときと同じように、僕の知らないうちに。

表情を失っている僕には気づかず、華子は壁際に置いた花柄のトートバッグを引き寄せ、旅行のパンフレットを取り出した。

「これ、取ってきたからあとで見て。モルディブか、バリか、サムイ島がいいと思う。ちゃんと休みの申請した？」

僕はごてごてと装飾された色の濃いパンフレット類をじっと見た。華子は「また見てる」とあきれたように言い、それらを僕の腹あたりにぐいっと押し付けた。

「見るよ」

僕は、自分と華子が終わっていなかったということを、その腹の圧迫感で、確かめようとした。華子は「今じゃなくていいから、ちゃんと見てよ」と手を離して、再び食事に取りかかる。

テレビは天気予報を映してはいなかった。知らない俳優が出演するアクション映画が映っていた。派手なカーチェイスの途中だった。華子は、口をもごもごと動かしながら、「この人、ここでは生き残るんだけど、最後持病で死んじゃうんだよね」と、車を運転している初老の男を指差して言う。

「へえー」

僕は、華子には言わなくていい、と思った。

四年前、一つ下の階の部屋で人と別れたこと、相手がどういう人だったか、今どこで何をしているのかも。そんなことは、今、カーチェイスで顔中血だらけになって死闘を演じ、最後は持病で死んでしまうというこの映画の主人公と同じくらい、自分から遠い出来事に思えた。

僕はたぶん、前とは違ったやり方で、小麦のことを忘れつつある。


寝るとき、電気を消した部屋で、華子が言う。

「ほんとに結婚する？」

僕は「する」と答える。

「絶対してね」

僕は「絶対する」と言う。華子の顔を見る。

目が暗闇に慣れていなくて、その目鼻立ちが見えない。僕は手をのばして彼女の顔に触る。湿った唇に指の腹を当てる。華子はじっとしている。

引越しの日はよく晴れた。家具や荷物が全《すべ》て運び去られた部屋の床を雑巾《ぞうきん》で拭《ふ》き終えて、僕はからになった部屋を見渡した。大学入学から八年半も住み続けたこの部屋なのに、引越し屋から派遣された二人の筋肉だらけの男に家具を運ばれて、あっという間に何もかもなくなってしまった。

華子が来ると言っていた時間まであとどれくらいかと壁を振り返ったが、そこにもう時計はない。ポケットから携帯電話を取り出して、時間を確認する。約束の二時になるまで、まだ十数分ある。

僕はゆっくり部屋の真ん中に腰を下ろし、そのまま仰向けになった。細かい埃《ほこり》がカーテンの外れた窓から差す日の光の中で舞っているのが見えた。手で腰を支え、足をぐんと天井に伸ばして、指を広げたりくっつけたりする。何色ともつかない鈍い色にくすんでいる、ちびた小指の足の爪《つめ》が見える。

別れることになる日からそれほど遠くないころだ。僕たちはもう社会人になっていた。珍しく小麦がこの部屋に遊びに来たとき、立ち上がろうとした僕がローテーブルの角で激しく膝頭《ひざがしら》を打ったことがある。あまりの痛さにベッドにひっくりかえり、そのまま立ち上がれなかった。ふだんあまり笑わない小麦が、そんな僕の姿を見て小さく笑っていた。

「これやばいよ、すげえ痛い」

「大丈夫？」

「見てよ、もう紫色になってる」

僕は自分でカットした中途半端《はんぱ》な丈のジーンズをめくりあげて小麦に見せた。打ち付けたあとは鬱血《うっけつ》して、薄い紫色になっている。

「本当だ。なんか持ってこようか？」

「何を？」

「氷とか」

「いいよ。そのうち治るから。氷なんか、うち作ってないし」

小麦はあっそう、と言って、テーブルの上に置いた読みかけの本を開いた。僕はなんとなく物足りなくて、おそらくもっと小麦を笑わせたくて、膝頭をいろいろに観察しながら大げさに言った。

「すごい痣《あざ》だよな、びっくりするよな。人間の体ってすごいよなあ。押すと痛いんだよ、ほら」

押して痛がってみると、小麦は本から目をはなして、再び僕の痣を見た。押したり触ったりしているうちに、痣の色は濃くなっていった。

ふと目をあげると、小麦は、僕の期待した笑い顔ではなく、申し訳なさそうな顔をしていた。彼女に落ち度など一つもないのに、ひどい失敗をした子どものように、大きい体をテーブルの向こうで縮こめていた。彼女は本を開いたまま身動きせず、ひとりごとのように言った。

「それ、痕《あと》になっちゃうかも」

「痕？」

小麦は少し眉間《みけん》にしわを寄せて、口をきつく結んだ。僕は彼女が泣き出すのではないかと思って、はっとした。僕たちが出会ったときにあった口元の傷は、薄い茶色の染《し》みになって、彼女の結んだ口の左端に何かの印のように残っていた。

「別に痕になったっていいよ。男だし。ていうか、痕にはならないよ。ただの打ち身なんだから」

言いながら、僕は自分が恥ずかしいことをしているような気がした。こんなものは一週間もすれば消えてしまうだろうに。自分の幼稚さと、小麦の貴重なやさしさをこんなときに使ってしまった後悔が膝の痛みと一緒になって、僕を居心地悪くさせた。

それで、意味もなく手を洗いに行った。痛みだけが残った。すっきりして、僕は再び小麦の隣に座って、読みかけの本を開いた。小麦がそのとき読んでいた小説の上巻だった。出てくる言葉が古めかしくて、実際はどのページも半分ほどしか読んでいなかった。

僕は今、そのときと同じジーンズを穿《は》いている。裾《すそ》で白い糸がぐちゃぐちゃにからみあっている、自分でカットした中途半端な丈のジーンズは、当時は気に入ってよく穿いていたのに、四年経《た》った今では、ただの部屋着になりさがってしまった。小麦に膝を見せるためにめくった裾が、今は重力に服従して両方ともべろんと垂れている。

これでやっと終わったな、と僕は思った。涙が出るかと思ったけれど、出なかった。僕はもう、久しく泣いていない。

ポケットには、小麦の部屋の鍵《かぎ》が入っている。別れてからずっと、ドライバーだとかペンチだとかが入った、めったに開けることのない工具箱の中に入れていた。今朝、電気のシェードを取り外すのにドライバーを出そうと思ったら、見つけてしまった。ここにあるのを知っていたような気もするし、捨てたものだとばかり思っていたような気もする。どうにかしなくては、と思ってなんとなくポケットに入れたけれども、今も人が住んでいる部屋の鍵だから、そう簡単にごみにも出せないし、壊せるような金槌《かなづち》は工具箱の中にない。

僕はポケットに手を入れて、その鍵を取り出した。大学の近くの合鍵屋で作った、鈍い銀色の鍵だった。これを持って、三〇三号室のドアをノックして、自分が結婚することを報告したら、どうだろう。そして、小麦の驚いた顔か、怒った顔か、祝福の顔か、軽蔑《けいべつ》の顔を眺める。小麦に会うとすれば、今がきっと最後の機会になるはずだった。

チャイムが鳴って、華子が部屋に入ってきた。華子は、僕より一週間遅れて新居に引越すことになっている。僕は力を抜き、大きい音をたてて、揺らしていた足を床に落とした。

「部屋、ずいぶんすっきりしたね。こんなに広かったんだ。寝てたの？」

僕は上体を起こして、鍵をポケットにしまった。

「掃除、終わった？」

「うん」

「手伝おうと思ったのに」

「いいよ」

「じゃあもう行ってみようよ、新居。引越し屋さん、先に着いちゃったんじゃない？」

「うん」

華子は僕を引っ張り起こして、背中についた埃をたたいて落とした。僕は最後のごみ袋を両手に持ち、華子に部屋の鍵を閉めさせ、マンションを出た。

駅までの道を歩き出す前に、道路の反対側から八年半暮らした部屋の窓を見上げる。からになった僕の部屋の窓は、カーテンのかかった他の部屋の窓に囲まれて、一本だけ欠けた歯のようだった。

「なんか、間抜けだ」

「何？」

少し離れたところから華子の声が聞こえる。

僕は、四〇五号室の左下にある、三〇三号室の窓を見た。数秒、数十秒。どれくらいの時間だったのだろう。その部屋のカーテンは、以前に見たカーテンの色とは違っているように見えた。

振り返ると、華子はすでに背中を向け、ゆっくり蛇行しながら駅への道を歩き出している。右手にはさっきまで僕が暮らしていた部屋の鍵がぶらさがっていて、かちゃかちゃ音をたてている。その影が、彼女の影と一緒になって小さく歩道に躍っている。

華子に何か言おうとする前に、僕はもう一度その窓を見上げた。歩道の影の残像が、見覚えのない色のカーテンの上に重なった。

二時過ぎの光はまぶしい。

山猫

タンブラーに湯を注ごうとすると、居間の電話が鳴った。注ぎ口からはねた湯が、乾いた土のようなインスタントコーヒーの粒を溶かす。杏子《きょうこ》はヤカンをガス台に戻し、電話をとりにいった。

「もしもし、小暮さんのお宅ですか？」

受話器の向こうで女が言う。

杏子はとっさに身構える。聞きなれない声だった。

「はい、そうですが」

答えると、相手の女は早口で喋《しゃべ》りだす。

「あ、杏子ちゃんよね？」

「ええ」

「ごめんね、あたし、松枝です。お久しぶり、お元気？」

それで杏子は思い出す。知らない人じゃない。母の一番下の妹で、沖縄に嫁いだ松枝おばさんだった。どこかの離島で旦那《だんな》の家の民宿を手伝っていると聞いたが、どこの島だったか、杏子はすぐに思い出せない。その代わり浮かんできたのは祖母の声だった。女ばっかり六人姉妹の中で、いちばん口が達者で、器量も頭もいい、おばあちゃんの最高傑作。おととし死んだ祖母は親族の集まりがあるごとに、そう自慢していた。日焼けした松枝おばさんは、あごの下にも胸元にも柔らかそうな肉がたっぷりついていて、ほめられて照笑いするたびに、スプーンでつつかれるプリンのように揺れた。

「元気です。おばさんは？」

「もう、元気元気よ。こっちはすごく暑いの。そっちも梅雨は明けたかしら？」

「はい、だいぶ前に。結婚式では、遠いところからありがとうございました」

それから世間話をいくらかする。杏子は叔母に聞かれるがまま、新居や結婚生活の具合、新婚旅行で行ったイタリアのこと、イカ墨のパスタやトレヴィの泉に投げた小銭のことを話す。叔母は「うらやましいわ」と言うが、杏子のほうでは、次第にテレビの旅番組で見たことをそのまま喋っているような気になってくる。

「それでおばさん、どうかしました？」

「ええ、ちょっとお願いなのよ」

松枝おばさんはここで声をひそめた。

「うちの栞《しおり》がね、夏休みにそっちに行きたいって言うの」

いとこの栞を思い出そうとするが、杏子の頭には、どうもはっきりした顔が浮かんでこない。

披露宴の前、控え室で叔母から紹介されたときには、ずいぶん大きくなった、と思ったのだが、覚えているのは顔ではなくてその格好だった。栞はヒマワリの花が胸元についた黄色のミニドレスを着ていた。母親に肩を小突かれると、居心地悪そうに「おめでとうございます」と小声で言ったが、すぐにひっこんでしまった。披露宴が始まり、ひな壇の上に座って会場を見渡したとき、控え目だが上等のワンピースとアクセサリーを身につけた友人たちとは対照的に、親族席にいた高校生のいとこは季節と場所を間違って咲いた花のように目を引いた。あのドレスは松枝おばさんが選んだものなのか、それとも栞自身が選んだものなのか。夫になった隣の人間に意見を聞いてみたくなったが、新郎は、こっそり耳打ちするには少し遠いところにいた。

松枝おばさんは続ける。

「大学を見にいきたいって言うのよ。今高校二年なんだけど、来年受験でしょ。東京の大学受けたいんですって。何もそんな遠くまで行かなくったって、九州にだってたくさんいい大学あるじゃない？　でも東京、東京がいいんですって」

「そうなんですか」

杏子はだんだん、この電話の意味がわかってくる。どういうお願いをされるのかも、予想がついてくる。

「まあ、そこまで言うなら見に行って、東京がどんなもんだかちゃんと自分の目で確かめさせるのもいいかと思って。まだ受験するって決まったわけじゃないし、実際に行ってみたら百発百中、いやになって帰ってくると思うのよね。ついて行けないとか言ってね。ほら、杏子ちゃんの結婚式のときはラッシュの時間に電車乗らなかったから、ああいう厳しさってわかってないの」

すうっと息を吸い込む音のあと、受話器から風が起こりそうなほどの大きなため息を、杏子は聞いた。

「ちょっとは現実を見たほうがいいと思うのよね。実際に入学しちゃってから、やっぱりだめだったなんて出戻られたら元も子もないじゃない？」

「ええ、そうですよね」

「あたしもついていければいいんだけど、何しろ宿のほうが忙しくて。夏休みだから、学生がいっぱい来てるのよ。それでね、悪いんだけど、何日かでいいからあの子をお邪魔させてくれないかしら」

想像通りだった。ええっと、と杏子がためらったのを押しとどめるように、松枝おばさんは続ける。

「もちろん、無理だったらいいのよ。新婚さんだしね。でもほら、うちの親戚《しんせき》で都内に住んでるのあなただけでしょう。そこから動けたら一番楽だし、都会っていうのがどんなもんだか、あの子もよくわかると思うのよね。高校が石垣島だから、今はうちの親戚のとこに居候《いそうろう》させてもらってるの。いちおう人様のとこでお世話になる行儀はわきまえてるわよ。ねえ、どうかしら？」

人を泊められない住まいではなかった。夫婦の寝室のほかに、もう一室小さい部屋がある。賃貸マンションに永遠に暮らすつもりはなかったけれども、いつか生まれる子どもが一人部屋を必要とするまでにここを出ていけるという確証もなかったからだ。特に、引越しを嫌がる秋人がその点を強く主張した。四畳半ほどの予備の部屋には、ガムテープをはがしただけの段ボールがまだいくつか放置されている。そのどれかに爪《つめ》切りが入っているはずなのだが、引越して早々、杏子は近くの日用雑貨店で新しいものを買ってしまった。

「おばさん、泊められないことはないんですけど、まだお客様用の寝具とか、用意してなくて」

「あら、じゃあこれを機に揃《そろ》えなくちゃ。新居入ってもう一ヶ月は経《た》つわよね？　栞が行っても行かなくても、世帯を持ったらそういうのは準備しておくもんなのよ」

ええ、そうですよね。杏子が同意すると、彼女は気をよくする。

「杏子ちゃんのマンションて、東京タワーなんかも見えるのかしら？」

「いえ、見えないですよ。東京タワー、遠いですから」

「あらそうお？　お宅、何階にあるんだっけ？」

「うちは七階建ての、三階です」

「ちょうどいいわ。あの子、高いところが大嫌いなの。うちの二階で寝るのもときどき嫌がるくらい。ね、東京、向いてないでしょう？」

夜、帰ってきた秋人に、報告をする。彼は上着をハンガーにかけながら「いいんじゃない」と言う。杏子はリビングの壁に寄りかかってほっとするのだけども、何か腑《ふ》に落ちない。

「結婚式来てくれた子でしょ。あの派手な、黄色いドレス着てた子」

「そう」

「なんか野性味あふれる子だったよな。西表《いりおもて》から来たんだっけ？」

「あっそうだ、西表島だった」

杏子は結局、松枝おばさんがどこの島に住んでいるのか聞かないまま、電話を切ってしまったのだった。

けた。秋人は手を洗い、台所に行き、壁に寄りかかっている妻を尻目《しりめ》に炊飯ジャーを開けた。ミルクパンの中には味噌汁《みそしる》が、電子レンジの中には白身魚の煮物が、冷蔵庫にはキャベツの千切りサラダが入っている。杏子はぼんやりしたまま動かないので、秋人は一人で食事の支度を始めた。

サラダにドレッシングをかけている夫を眺めながら、彼が栞を覚えていたことを、杏子は意外に思った。ふだんはほとんど人の顔を覚えられない秋人だが、杏子はそういう欠陥を決して嫌ってはいなかった。

「来週の水曜から来るって。あっちの小さい部屋に寝てもらおうと思うんだけど、ソファベッドでも置いたらいいかな？」

「うん、いいんじゃない。ただのベッドじゃ他に使い道ないしね」

「週末、一緒に見に行く？　あたし、下見しておくから」

「いいよ」

「あの段ボールもどうにかしないと」

「うん、じゃあそれも週末、ね」

秋人はテーブルの上にすべての料理を出し終わり、テレビを見ながら食べ始める。

杏子が向かいに座る。一緒にテレビを見ていると、どちらからともなくふいに視線を感じて、二人は数秒、目を合わせる。コンタクトレンズに覆《おお》われた妻の黒目の中に、秋人は自分の体が畳まれ、しまわれるような錯覚を覚える。この人の黒目の中には、帰ってくる自分のために一日中空けられている場所がある、と秋人は思う。

杏子と秋人は大学の同窓生だった。とはいえ、大学時代には一言も言葉を交わさぬまま卒業した。

再会したのはその五年後、秋人が勤めている私大の図書館に杏子が契約職員として紹介されたときだった。杏子のほかに同時入館したのが二人いて、秋人はそのうちの年若なほうの女の上半身に目を止め、下にそらし、もう一度見た。女は首元を四角く切り取ったデザインの黒いカットソーを着ていて、ぴたぴたの生地に盛り上がった胸の曲線が、はっとするほどの美しさだった。よく確認せずにはいられないほどの、完璧《かんぺき》な曲線だった。どの線をもってそう判断できたのか、他の人になく、彼女にしか持ち得ない理由を探るため、並んで立っている二人の女の胸を秋人は盗み見た。そのうちの一人が自分の顔をじっと見ていることには気づかなかった。

一方杏子は、ひと目見たときに、秋人が誰だかわかった。オータムと呼ばれていた、渋い色のチェックのシャツばかり着ていた男の子だ。大学一年から三年まで、英語のクラスで一緒だった。一年のとき、自分の名前の由来を発表する機会があり、彼は黒板にピンクと黄色のチョークをうまくつかって紅葉を描き、言った。マイネームイズアキヒト、イットミーンズオータムピープル、ビコーズアイワズボーンインオータム。絵は褒められたが英語はすぐさま直されていた。メルボルンからやってきたアリス先生は、それから彼のことを親しみをこめて「オータム」と呼ぶことに決めた。年度が変わって新しく担当になったナオミ先生も翌年のカースティン先生もそう呼んだ。

名前が受け継がれているところを考えると、少なくとも一度は、外国からやってきた先生たちの間で、彼が話題になったことがあるのだろう。実際彼には、外国の女性が「キュートだ」と言いたくなるような雰囲気が、ないでもなかった。それに気づいてから、杏子は何かと秋人の言動を目と耳で追っていた。しかしながら当時互いのアパートを行き来する仲の男もいたので、どうこうしたいという具体的な願望もないまま、オータムと呼ばれ「ハイ」と返事をしている秋人のことを教室内で観察するだけに終わった。

それでも数年後、濃い紫色のVネックベストにネクタイを締めて、図書館の職員室の中に立っている秋人を見たとき、オータムがいる、とすぐにわかったのだった。少し背が高すぎるような気もしたが、座っている彼ばかり見ていたので、杏子には彼の身長についての確かな記憶がなかった。声をかけようか。迷いながら見ていたが、彼は一向に目を合わせようとせず、そのときはあきらめた。

結局杏子が秋人に話しかけたのは、図書館に入って二週間ほど過ぎてからだった。わたしたちは同窓だ、と告げると、秋人は「あ、そうなんですか？」と杏子の顔をしげしげと眺めたが、覚えているわけではなさそうだった。杏子から誘って、何回か食事に行った。最初は大学時代のそれぞれの思い出話で盛り上がった。それから回数を重ねるたび卒業後の進路、家族、別れた女たち、男たちの話になり、友人として話せる範囲のことはすべて話し終えたところで、付き合うことにした。それから半年ほどして婚約した。

大学のころに声をかけておくんだった。付き合うようになる前も、後も、杏子はちょくちょく悔やんだ。秋人は理想的と言ってよかった。とにかく、話をよく聞いてくれる。意見は言うけれど、決して押しつけがましくはないし、それまで付き合った男のように、女の意見を尊重するふりをして実は思考放棄していると杏子をいらだたせることもない。しいて言えば人当たりが良すぎるところがいくらかあり、カウンターで物分かりの悪い学生の世話を焼いたり、慰安会で飲みすぎた上司を介抱するのも秋人だった。見ている杏子はもどかしい。頼まれてもおらず、ほうっておけばすむものを、どうして自分から余計な面倒を背負いこむのか。

　婚約期間のある週末、杏子が楽しみにしていた映画の上映まであと十分というところで、ガイドブック片手に交差点できょろきょろしている外国人夫婦に秋人が声をかけ、ていねいに駅の切符売場まで案内したことがある。バーイ、と手を振る夫婦と別れると、杏子は正面から秋人をにらみつけた。映画が始まってすでに十五分は経っていた。怒った杏子によってその日は半ば一方的に駅の前で解散となったが、彼女の気持ちはおさまらず、携帯電話の電源を切り、電車に乗って隣の駅のホームで二時間暇をつぶし、もう一度元の駅に戻って、見るはずだった映画を一人で見た。

　まだ予告編やってるんじゃないかな。行こうよ。なんでそんなに怒るの？

　別れ際《ぎわ》の秋人の呑気《のんき》な言葉が映画を見ているあいだも頭から離れず、すっきりしない気持ちで映画館をあとにした。まったく、映画を見ながらスクリーン上にいない人物のことを考え通すなど馬鹿《ばか》らしい。そう思うと、さらに腹が立った。杏子が映画を見に行ったのを後悔したのは、二十九年間でこの一度だけだった。

改札口を出てきた栞を見たとき、杏子はそのとき見た映画のことを思い出した。髪の色も肌の色も年齢もまるで違ったが、映画に出ていた中年のヒロインと栞は、どことなく似ていた。その女優は太ったイルカのように艶々《つやつや》とした重量感のある肌をしていた。肌が白く、髪は金色で目は暗い青。ぼそぼそと喋《しゃべ》る姿が印象的だった。栞はまるでその反対だ。色は黒く、やせている。しかし、似ているのはその無表情だった。この顔であんなに派手な黄色いドレスを着ていたのかと思うほど、栞の顔はのっぺりとして、表情に乏しい。眉《まゆ》が薄いせいか、目だけが妙に大きく見えたけれど、その目も内に秘めた意志を感じさせるほどの力はなく、閑散としたロータリーを前に、ただ途方に暮れているように見えた。

杏子が「栞ちゃん！」と手を振っても、特に嬉《うれ》しい顔はせず、ただ一礼しただけだった。詰めすぎて表面がぼこぼこになった赤いボストンバッグと、大丸デパートの紙袋を両手にさげている。杏子はどちらかを持つと申し出るが、断られた。

　歩き出す前に、駅から見える七階建てのマンションを指さす。

「うちはあそこ。駅から近いでしょ。夜遅くなっても危なくないから大丈夫」

　栞が反応しないので、杏子は横目で顔色をうかがった。髪を後ろでひっつめているので、額が丸出しだった。形のいいその富士額に胡椒《こしょう》粒ほどの吹き出ものを見つけ、杏子はにわかに、この年下のいとこを心底かわいがりたいような気にかられる。

「東京は涼しい？」

　ロータリーを抜け、パチンコ屋の角を曲がったところで話しかけると、栞はガラス張りの店内をじっと見ていた。

「パチンコ屋さん、見たことない？」

　栞はううん、と首を横に振る。

「あるの？　西表島にもあるんだ、パチンコ屋」

「西表島にはない。でも見たことはある」

「へえ、どこで？」

「石垣とか、那覇とか、福岡で」

喋っているのを聞くと、わりと落ち着いた声をしているが、語尾がほとんど聞き取れないほど小さくなってしまうのが、やはり子どもっぽい。杏子は少し安心した。

「パチンコ屋って、外を通るだけでもうるさいのに、中に入ったらもっとすごいよ。耳にわんわん響いてきて、おかしくなりそう」

「知ってる」

栞は興味を失ったのか、もともとないのか、まっすぐ前を向いて歩いた。

結婚前も後も、杏子はほとんど肉料理を作らなかったが、今日ばかりは歓迎の意味を込めてひもで結わえた豚のローストをオーブンに仕込んでおいた。

「お土産です」と手渡された大丸デパートの紙袋の中には、松枝おばさん手作りの沖縄菓子が入っていて、杏子はさっそく緑茶と一緒に二、三個つまんだが、栞は手をつけようとはせず、お茶だけ飲んで部屋にひっこんでしまった。杏子は夕食の準備の続きを始めた。栞がなかなか部屋から出てこないのが気になったが、デザートのチョコレートムースのために、コイン状の製菓用チョコを割り溶かしたり卵白を泡立てたりするのに忙しく、声はかけなかった。

玄関で音がしたので、ゴムベラを持った右手を止めて、杏子は時計を見た。まだ六時だった。早く帰ると言っていたけど、こんなに早いなんて。杏子はそのまま作業を続けていたが、秋人はなかなか台所に姿を見せる気配がない。タオルで手をぬぐい、廊下に顔を出すと、夫の姿はどこにもなかった。玄関まで行ってみて、栞の靴がないことに気づく。あわてて部屋を見に戻るが、半分口を開けたボストンバッグが花柄のカバーを掛けたソファベッドに転がっているだけだった。

居間からベランダに出て、通りに栞の姿を探した。近眼の杏子は歩いている人をほとんど見分けられなかったが、栞らしき人物はいないようだった。西に傾いた太陽は、前に立つマンションの隙間《すきま》から杏子のいるベランダを照らしている。夏の夕暮れのやや強い風が吹く。明日も暑くなりそうだ。杏子は手すりに腕をかけてひと息ついた。が、吹き上げられた髪のひと房が肩に落ちるより早く、部屋に戻って栞の携帯に電話をかけた。隣の部屋から電子音のメロディーが聞こえた。ジブリの映画に出てくる、杏子も知っているメロディーだったが、それが『魔女の宅急便』だったか『風の谷のナウシカ』だったか、思い出せない。あとは器にそそいで冷やすだけのムースをそのままにして、杏子は部屋を出て、エレベーターに乗った。

一階のロビーから外に出ようとすると、オートロックのガラス扉の前で栞が突っ立っているのが見えた。額の吹き出ものをいじりながら、部屋の電子キーをかざす機械をぼんやり眺めている。近づいてくる杏子に気づいて、栞は一歩下がってドアが開くのを待った。片手にコカコーラのペットボトルを持っていた。内側からドアが開くと、軽く頭を下げて入ってくる。

「いきなりいなくなっちゃうから、びっくりしたよ。外行くときは、声かけるか、携帯持ってね」

責め立てるような口調にならないよう気をつけていたが、栞はしゅんとしたようすも見せず、すみません、と短く答えた。

「コーラ買って来たの？」

「はい」

「うちにもジュースあるから、遠慮なく言ってね」

「はい」

栞が右手に持っているのは、赤いラベルのコーラだった。ノンカロリーの黒いコーラも並んでいたはずで、杏子はコーラが飲みたくなれば必ずこちらを選ぶ。味は同じなのだから、この種の嗜好品《しこうひん》なら当然の選択だろうと杏子は思う。しかしながら、働いていたころの同僚や大学の旧友には「絶対、味が違う」という理由で、わざわざ赤いコーラを買い求める人間がいた。彼らのことを、杏子は繊細な、神々しい人々のように感じる。栞もそんな人々の一人なのだろうか。だとすれば、心構えをわずかに正さなくてはいけないような気がして、同時に、台所で焼き上がりつつある豚のローストやチョコレートムースに急に自信がなくなった。

秋人は図書館での仕事を終え、いつもより早い七時の電車に乗った。

電車の中では、西表島からやってくる黄色いドレスの女の子のことを途切れ途切れに考えていた。二人の新居に、身内とはいえ他人を泊めるのは初めてのことである。秋人は迷信深いほうではないが、初めて自分たちの家に泊まる者が、酔いつぶれた同僚や口うるさい両親ではなく、地方の純粋な一少女であることは、なんだか縁起がいいことのように思えて、できるだけ歓待してあげなくては、と考えているのだった。こういう分野では特に、彼は妻の杏子を信頼していた。彼女ならうまい料理を作り、清潔なベッドを用意し、自分とは縁がない東京のしゃれた場所にも案内してやれるだろう。

途中の駅で数人の女子高生が降りていった。明るい茶色の巻髪に、てかてかしたピンクのリボンつきのワイシャツに、短いスカート、紺のハイソックス。今から帰ろうとする我が家にいるのは、ああいう子ではない。もっと素朴で、口数少ない、田舎の恥ずかしがりの女の子だと勝手に想像していると、どこか心が温まるような気がした。娘を持つというのは、こんな感じなのだろうか。

部屋のドアを開けると、香草のよい匂《にお》いが玄関まで漂っていた。そして見慣れない白のコンバースがあった。「娘を持つ」という甘い想像がまた頭の中に広がりかけた。靴を脱ぐ前に、観葉植物に霧吹きで水を吹きかけてやっていると、「帰ったのお？」と奥から妻の声が聞こえた。

ただいま、と声をかけて居間に行くと、食卓には箸《はし》と伏せたグラスが並べられていて、ソファの上には足を組んでテレビを見ている妻がいる。

「お帰り」

こっちを向いた杏子の顔は、どこか緊張しているように見えた。

「栞ちゃんは？」

「うん、部屋にいる」

杏子は寝室と居間を挟んで反対側にある小部屋を指さした。

「じゃあ、ご飯にしよっか」

ソファから立ち上がって、杏子はエプロンのひもをきっちり結び直した。栞の部屋の前に立ち、ノックをする。

「栞ちゃん、秋人が帰ってきたからご飯にしよう」

その声はいつもと変わらない気軽でのんびりした調子だったので、さっきの緊張した顔つきは光の具合のせいだったのだろうと秋人は思った。ワイシャツを脱ぎ、楽な格好に着替えようとしたが、最初の食事なのだからきちんとしているべきだと思い直し、そのままソファに腰を下ろした。ローテーブルの上の新聞を手に取り、テレビ欄をざっと眺めたところで視線を上げると、小部屋のドアの前に栞がいた。

「あ、こんにちは」

秋人はふいを突かれて意味もなく立ち上がったが、栞はそこに立ったままにこりともしない。

目の大きい子だと思った。披露宴のときは派手な服装をしていたけれど、飾り気のない今のような格好をしているほうが、不思議と大人びて見えた。秋人はあらためて笑いかけてみたが、栞の表情は変わらない。この子はいつもこんな顔をしているのだろうか。秋人のそれまでの経験からすれば、にらみつけていると言ってもさしつかえないくらい、強い視線だった。自分がこの少女のテリトリーを侵してしまったようで、理不尽ながらも申し訳なさを感じ、秋人のほうから目をそらした。

台所の電子レンジがピピッと鳴って、花柄のミトンをつけた杏子が湯気のたつ皿を持って現れた。

「栞ちゃん、お待たせ」

杏子が声をかけると、栞は振りかえって小さく頭を下げた。

「秋人、自己紹介した？」

「いや、まだ」

「栞ちゃん、だんなの秋人。図書館で働いてる」

栞は再び秋人を見つめたが、今度はすぐそばに妻がいるので彼は堂々としていられた。

「よろしく。うち狭いけど、ごめんね」

「いえ、こちらこそすみません」

栞は頭を下げた。そのあいだ、新婚の夫婦は目を合わせて微笑《ほほえ》んだ。へえ、ちゃんとした子じゃない。そうよ、ちゃんとした子でしょ。

杏子が栞の足もとに目をやって、言う。

「あ、栞ちゃん、スリッパはいてね。今日掃除機かけたんだけど、うちあんまりきれいじゃないから」

栞は素直に部屋に戻り、夫婦が週末に買いに行ったピンクのスリッパをはいて出てくる。

三人で食卓を囲んだが、栞はほとんどしゃべらなかった。杏子はパートの面接を受けるために書いた履歴書のことを話し、秋人は図書館に来たトンチンカンな学生のことを話した。アルバイトや趣味のことを尋ねられても、栞ははっきりとした答えをしなかった。それでも、両親の民宿のことを聞かれると、いくらかましに喋った。

「今は、夏休みだから忙しい」

「そうだよね、おばさんついて来たいけど行けないって言ってたもん」

杏子はローストを薄く切り、栞の皿に取り分けながら答える。

「でも今は、バイトの人もいっぱいいるから」

「へえ、なんか楽しそうだね。今度すいてるときにお邪魔しようかなあ。あたしたち、沖縄行ったことないの」

「いや、俺はあるよ」

秋人が肉のひと切れをほおばりながら言った。

「えっ、あるの？」

杏子は緑茶のグラスを口元で止めたまま聞く。栞はシーザーサラダのクルトンを皿の隅によけている。

「うん、あるよ。大学生のとき。西表島にも行ったよ。道にいっぱい、ヤマネコ注意っていう看板があるよね？」

秋人が問いかけると、栞はクルトンをよける箸を止めて、「うん」と言った。

「で、どっかのレンタカー屋の待合室に看板がかかってて、西表島の交通事故死ゼロ、ヒト千何日目、イリオモテヤマネコ二百何日目、って書いてあってさ。それ見て、ヒトは千何日轢《ひ》かれてないけど、ヤマネコは二百何日前に轢かれたっていうんなら、これじゃあヒトのほうが稀少《きしょう》動物みたいだなって、思った」

　栞は口を一文字に結んだまま、ふっと鼻から息を出して、少しずつ笑顔になった。

　それを見て、杏子と秋人はまた目を合わせて微笑んだ。

「でも、うちのおじさん、先週ひかれたよ」

　だしぬけに、栞が言う。

「えっおじさんが？　大丈夫なの？」

　杏子は驚いて聞く。

「足折って入院しちゃった。来週退院だって」

「そう、ならいいけど……大変だったね」

　杏子は緑茶のグラスに口をつけた。氷がからんと音をたてた。

「ねえ、西表島ってほんとうにヤマネコいるの？　僕、一回も見られなかったけどなあ。見たことある？」

　秋人が聞くと、栞は箸を動かしながら答えた。

「うん、ある。二回だけ」

　杏子は緑茶を飲みほした。それから栞と秋人はヤマネコのことを話した。それは、杏子が完全に冷え切っていないチョコレートムースを運んでくるまで続いた。

「変わった子かもね」

寝室でそう言ったのは、杏子だった。居間をはさんで向こうの栞の部屋からは物音一つしない。頬にクリームを塗る指先に何かひっかかるものを感じて、鏡に近づく。小さな吹き出ものができていた。栞の額にあったものとは、大きさも原因も違う。

鏡の奥には、ベッドに横たわった秋人の姿が見える。右手を目の上に当てて、体をややこちら側に傾けている。

「そうかな。あの年頃の子はみんなああじゃないの」

秋人は電車の中で見たミニスカートの女の子たちを思い出して、少し恥ずかしくなった。

「心を開いてくれない感じ」

杏子はクリームの蓋《ふた》をしめ、温かい手のひらを両頬にぴったり押し当てる。冷房の風が直接当たるので、少し椅子《いす》をずらす。

「駅に迎えに行ったときから、なんかむっつりしててさ。こっちも何喋《しゃべ》っていいか、わかんないよ」

「さっきは喋ってたじゃん」

「秋人がうまいからじゃない？」

目の上の手をはずして、秋人は鏡の中の杏子に聞いた。

「明日から何するの？」

「とりあえず明日は大学見学。リストもらってるから、順番に案内する」

冷房のリモコンを操作して、電気を消し、杏子はベッドに入ってきた。秋人は妻の頬に鼻をうずめた。塗ったばかりのクリームのせいで、杏子の頬はまだしめっている。手を胸に当てると、すぐに腹までおろされた。それより下に当てると、今度はあげられた。

「あの子がいるあいだは、やめとこう」

「うん」

秋人は首元にそっと唇をつけた。杏子はタオルケットをひっぱりあげて、その唇を離した。

「また今度ね」

秋人は仰向《あおむ》けになり、頭の後ろで手を組んだ。耳をすましていると、電車の音が聞こえる。そろそろ終電の時間だろう。杏子の規則的な呼吸音に誘われるように、秋人は目を閉じた。意識が遠のきかけたとき、突然杏子が何か言った。

「えっ？」

秋人は目を開けて、杏子の顔を見た。杏子は目をつむったまま聞いた。

「西表島、誰と行ったの？」

「大学の友達と」

「二人で？」

「うん、二人で」

「あっそう」

杏子は寝返りを打って秋人のほうを向き、顔を肩にくっつけてきた。秋人も向き直って、その体を軽く抱いた。杏子はオータムと呼ばれていた時代の夫を思い出していた。あのころ、西表島なんかに行っていたのか。

秋人は西表島に一緒に行った「友達」のことを思い出していた。アパートの隣の部屋に住んでいた、年上の大学院生だった。ヤマネコ注意の看板があると、彼女はいちいち嬉《うれ》しそうに指をさして、ハンドルを握る秋人に教えたのだった。

Ｂ５判の大学ノートに書かれた大学名はぜんぶで五つあり、すべて私大だった。幸い、山手線の周辺かその内側にある大学ばかりだったので、杏子はパソコンで駅からの道順を調べ、プリントアウトし、手元にあった履歴書用の封筒にそれを入れた。

着替えて出てきた栞は、昨日と同じように髪をひっつめ、灰色の無地のＴシャツに、薄いデニムのスカートをはいている。杏子は仏頂面《ぶっちょうづら》のいとこに「じゃあ、行こうか」と笑いかけた。

「栞ちゃん、細いね」

玄関で、杏子が帽子をかぶりながら褒めると、栞はううん、と首を振る。

「何か部活動してるの？」

「合唱部と、テニス部」

「へえ、二つも？　秋人も、高校時代はテニス部だったんだよ」

栞は「そうですか」と答えて、昨日と同じように額にある吹き出ものを指先でいじった。

十一時前だったけれど、外はすでに三十度を越えているように感じられた。普段この時間帯の外出を控えている杏子は、体を包む熱気に頭が一瞬ぼやっとなったが、どことなくこわばっている隣のいとこの顔を見て、しっかりしなくては、と帽子を深くかぶり直す。

炎天下の中、杏子の体力は夕方になるまで持たなかった。昼食前に一校、昼食後に二校見るのがやっとだった。栞はガイダンスや見学会に合わせて上京してきたわけではなく、ただ「学校を見たい」というだけだったので、その通り、どこへ行っても学生たちに混じってキャンパスの中を歩きまわったり、建物の中をのぞきこんだりするだけだった。

最初は学生時代に戻ったような気分で、栞と一緒にあちこちキャンパス内をめぐっていた杏子だが、次第に暑さに耐えきれなくなり、最後の一校では校門近くの木陰に座り、栞だけを見学に行かせた。帽子を脱いでうちわがわりにしてみても、汗はすぐには乾かない。談笑しながら前を通り過ぎる学生たちは、ゼミ合宿やコンパの話題に夢中で、そんな杏子に目もくれなかった。

三十分ほどして帰ってきた栞に、どこか涼しいところで体力補給してから帰ろう、と杏子は提案した。それで、地下鉄に続く階段脇《わき》のコーヒーショップに入った。

「アイスでも、食べよっか」

カウンターの脇のアイスケースを見ている栞に言うと、うん、とうなずいた。あれこれと迷っているらしいようすを、冷房の心地よさもあり、やっぱりかわいい子じゃないか、と杏子は穏やかな気持ちで見つめる。カウンターの店員は姉妹とも親子とも友達とも違うらしいこの二人の注文を、笑顔で待っていた。

栞が頼んだのと同じものを、杏子も頼んだ。杏仁《あんにん》豆腐味のアイスクリームとオレンジジュースを二つずつ乗せたトレイを持ち、禁煙席の一番奥の席に座る。栞はいただきますを言い、真剣な表情でアイスにスプーンを入れて、最初のひとさじをすくいあげた。

店内にいるのは、数組のカップルと、何人かの女の一人客と、その他は大学生らしいグループばかりだった。その中で年下のいとこにアイスを食べさせている自分を意識すると、アイスを乗せた杏子の舌に、思わぬ高揚感がじいんとしびれるように響いた。打ち解けられず、まだはっきりした性格上の美点も見つけられていないけれど、目の前のこの子が本当の妹だったら、もっと深く、いろいろ相談に乗ってやれるのに。弟も妹も仲良しの後輩もいない杏子は、溶けだしたアイスをスプーンで皿の中央に寄せつつ、栞の変わらぬ表情をうかがっていた。彼女はすでにアイスを食べ終え、今はテーブルの上の紙ナプキンをいじりながらオレンジジュースをすすっている。

二つのグラスが氷だけになったところで、杏子の携帯電話が震えた。ハンドバッグから取り出すと、覚えのない番号が画面に表示されている。杏子は「ちょっとごめんね」と栞に断って電話に出た。周りの雑音のせいで何度か聞き直したが、相手は杏子が先週面接の申し込みをした、デパートの和菓子屋だった。面接は来週の約束だったのだが、急に二人も欠員が出てしまったので、明日面接に来てくれないかと言う。明日も引き続き大学見学に付き合うつもりだった杏子は、栞をちらりと見た。そして、叔母の言葉を思い出した。そうだ、少しは人ごみの中で一人にさせなくては。面接といってもたかだか三十分くらいのことなのだから、そのあいだデパートの中で待ってもらっていればいいじゃないか。一人で食品売り場をさまよう栞を想像すると、少し気の毒のような気がしたが、杏子は面接を了承した。

電話を切るとすぐ、明日の予定を手短かに話した。栞はただ「わかった」と答えた。紙ナプキンをいじっている手をあげたので、吹き出ものに触るのかと思ったが、栞は頬に垂れた毛の束を耳にかけただけだった。

日中、妻とその若いとこが暇つぶしに自分の仕事場に現れるのではないかと秋人は期待していた。あの日焼けした女の子が、日の光の下ではどんなふうに見えるのか、ちょっと眺めてみたいような気がしたのだ。とはいっても、大学図書館には関係者以外は立ち入れないから、何かの用で席を立つたびに、職員室の窓から外を眺める。

「小暮さん、どうかしたんですか」

声をかけてきたのは、二年前杏子と一緒に入館した、胸の大きいあの女だった。席に座ったまま、こっちを見ている。

「いえ、いや、なんでも」

「窓ばっかり見て、落ち着きないですね。何かあるんですか？」

女の胸は、今日は水色のシャツに覆《おお》われている。ボタンとボタンのあいだから下に着ているものが見えそうだった。この女は、半年ほど前から眼鏡を着用するようになった。周りの女性職員からは「眼鏡が似合う」ともてはやされていたが、秋人はやはり裸眼のほうがいい、と思うのだった。

秋人が「いやあ、別に……」と質問をはぐらかしているうち、彼女はデスクに分厚い選書リストを広げたまま、眼鏡をはずして席を離れ、秋人の隣に立った。

「今日も暑そうですねえ」

秋人は女のために、半歩分右にずれる。

「夏休みはどこか行くんですか？」

「いや、まだ計画してないですね……」

「ええ、そんなんだと奥さんに怒られますよお。早く決めなくちゃ飛行機の席もなくなっちゃうし。あたしはサイパン行くんですけど、五月から予約してましたよ。あー早く休みにならないかなあ」

女がバカンスの内容について話したがっているような気配を感じたので、秋人はあまり深入りしない程度にその内容を聞いた。女は途中で「窓の近く、暑い」と言って、近くのペン立てにさしてあった保険会社のうちわを手に取り、勢いよくあおぎ始めた。シャツの胸元が風にあおられたが、秋人は窓の外に目を向けた。そして、言いたくなった。

「実は、西表島に行こうかと」

西表島ですかあ？　女は呆《あき》れたような声を出す。

「そっちに妻の親戚《しんせき》がいて、民宿をやってるんです。せっかくだから、一度はお邪魔しようかと思って」

「へえ、いいですね、そういうの。あ、でもあたし、石垣島までなら行ったことありますよ」

女の石垣島の話が始まった。二年前、杏子に声をかけられるより先に、秋人は同僚に内緒でこの女と水いらずで食事に行き、玄関まで送ったこともあるのだが、そのことについては二人とも、今では決して話題にしない。

秋人は相槌《あいづち》を打ちながら、窓の外のすずかけ並木を歩く妻と少女の姿を思い描いている。

秋人が帰ってくると、前日と同じように杏子だけが居間にいて、同じポーズでソファに寄りかかっていた。

「今日、どうだった？」

ううん、まあ、と彼女がだるそうに台所に向かったので、秋人はひとまず寝室に入り、汗をかいたシャツを脱いで黒いポロシャツに着替えた。視線を感じて振り向くと、居間に栞が立っていて、開け放しになったドアから秋人を見ている。秋人はわっ、と驚いたが、すそを直しながら、

「あ、見苦しいところごめん。開けっぱなしはだめだね」

と脱いだシャツを見えないところに押しやり、台所に杏子を手伝いに行った。

「なんか、やることある？」

「別に。あっちで待ってて。量、普通でいいよね？」

エプロンをつけた杏子は、ご飯を盛った茶碗《ちゃわん》を差し出して見せる。うん、とうなずくと彼女は無言で作業を続けた。

言われるがまま、秋人は先に食卓についた。栞は再び自分の部屋にひっこんでしまっていて、そのドアが五センチほど開いている。秋人はソファの上の新聞を取り

にいったが、その隙間《すきま》に視線をあてないよう、気をつけて椅子《いす》に戻った。

食卓を整え終えると、杏子は「栞ちゃん、ご飯だよ」と部屋に呼びかけた。「はい」と返事があって、すぐ栞は出てきた。二人の声がすでに家族のような気安さを含んでいることに気づき、秋人はこの場にいない誰かに感謝したいような気持ちになる。

出てきた栞を一目見て、杏子は言った。

「あ、栞ちゃん、また裸足《はだし》。家の中ではスリッパ履いてね、ほんと、あんまりきれいじゃないから」

栞は足元を見下ろし、昨日と同じように部屋に戻っていった。そして言われた通り、スリッパを履いて食卓についた。

「じゃあ、食べようか」と秋人は二人に笑いかける。杏子は箸《はし》を持つより先に、リモコンでテレビをつける。

栞が風呂《ふろ》に入っているあいだ、夫婦はソファに腰かけてくつろいだ。杏子は氷を入れた梅酒を飲みながら、隣でテレビを見ている秋人に言った。

「まったく、疲れちゃった」

「今日？」

「うん、暑いし、歩くし、くたくた。栞ちゃん、元気だからあっちこっちすごい歩くの。一日で五校は無謀だったね」

「へえ、うちに来るかと思って待ってたよ」

「秋人のとこは、栞ちゃんのリストに入ってないから」

秋人は杏子のグラスを借りて、一口だけ飲んだ。よく冷えていたが、味が薄かった。

「あ、そうだ、明日デパートの面接行くことになった。和菓子屋さん、急に人が足りなくなっちゃったんだって」

「新宿の？　渋谷の？」

「新宿のほう。あのようすじゃ、すぐ採用されそう」

「そう、よかったね。面接のとき栞ちゃんはどうするの？」

「デパートの中で待っててもらう。少しは一人にしてみないとね。そもそも、ここに来た目的の一つはそれなんだから」

「でもさ、未成年なんだし、預かってる子なんだから、何かあったらまずいよ」

シャワーが止まり、風呂場のドアを開ける音がした。

「携帯持ってるし、大丈夫でしょ。今日だって、最後に行った大学は一人で歩いてたし」

髪を拭《ふ》きながら居間に入ってきた栞に、杏子は冷蔵庫の冷やした緑茶をすすめた。栞は緑茶ではなく、赤いラベルのコーラを手にして、自分の部屋に入っていった。

書き終えていた履歴書を読み返し、封筒に入れ、杏子は栞と家を出た。

外の暑さは昨日にも増しているようだった。駅に着いてクーラーの効いた待合室に入ると、杏子はハンカチを取りだして額と首元の汗を丁寧にぬぐった。向かいのガラス窓に、電車を待つ人々の姿がうっすら映っている。杏子は居ずまいを正し、襟の形を整えた。隣の栞は足を組み、頬杖《ほおづえ》をついて電車の来るほうを見つめている。昨日もそうだったが、荷物と言えば肩から下げた小さなポシェットだけだ。使い古されたような茶色い革製のもので、きっと松枝おばさんのお古なのだろう、と杏子は思った。ポシェットの中が開かれるのは、携帯電話をいじるときだけだった。筆記用具は持っていないらしく、行った大学の特徴をその場でメモに書きつけることもない。杏子が三千円をチャージして渡したパスモは、スカートのポケットに入れられている。

デパートの食品売り場に入ると、応募している和菓子屋が見えたところで、杏子は足を止めた。

「じゃあ栞ちゃん、あたし面接行ってくるから、待っててね。デパートの中ならどこにいてもいいけど、携帯通じるところにいてね。終わったらすぐ電話するから」

栞はうん、とうなずいて、ぼんやり売り場を見渡した。よく磨かれた床と、商品が上品に陳列されたガラスケースと、微笑《ほほえ》みを浮かべた売り場の店員たちを背景にすると、栞の姿はいかにも頼りなく見えた。杏子は急に不安になった。

「ね、知らない人についていったらだめだからね。変な人に声かけられても相手にしないで、すぐ店員さんのいっぱいいるところに行ってね」

わかった、と栞は答える。そして振り向いて行ってしまう。与えるべき注意はまだあるような気がしたが、時間がせまっていたので杏子は和菓子屋に向かった。

店頭にはちょうど何組かの客がいて、二人の店員は接客に忙しそうだった。二人のうち、一人は大学生風の若い女で、もう一人の中年のほうが、電話で話した採用担当だろう。杏子は邪魔にならないところで、声をかけるタイミングを見計らっていた。結局客がいなくなったのは約束の十一時半を十分ほど過ぎたころだった。

「あ、ごめんなさいね、今、帰省のおみやげに買ってく人が多いの。こんな忙しいときに二人もやめちゃったからほんと困ってんのよね。じゃ、あっこちゃん、ちょっと面接してくるから、よろしくね」

中年の女が言うと、あっこちゃんと呼ばれた若い女は笑顔で「はあい」と答え、杏子にも笑いかけて会釈《えしゃく》した。ふっくらと色白の、かわいい女だった。栞ちゃんとは反対のタイプだな、と杏子は思った。こんな感じの子だったら、もっと仲良くできたかもしれない。杏子は女の後をついていきながら、それでもやはり心配で、フロアに栞の姿を探していた。

女は従業員用の入口を抜け、包装済みの商品が並ぶ薄暗い通路を通り、「課長室」と書かれた白いドアをノックした。中にいたのは小太りの男で、杏子より少し年上のようだった。「課長、お願いします」と言われた男は、「おお」と言って書類から目を上げた。

血色のよい肌が蛍光灯に照らされて、一見お地蔵さんのような印象を受けたが、眼鏡の奥の細い目にぎろりと見つめられた杏子はひと息に縮みあがった。課長は杏子の履歴書を一読したあと、「時間、フレキシブルに対応できる？」と聞いた。杏子は「はい」と答えた。杏子の経歴に「図書館勤務」とあるのを見つけて、「うちのかみさんも……」と喋《しゃべ》り始める。それから雑談が始まったが、会話しているのは課長と和菓子屋の女ばかりで、杏子はあいまいに笑っているだけだった。数分後、課長は突然杏子に向き直って言った。

「じゃあ、なるべく早く来てもらおうか。人足りてないし。明日パート研修あるんだけど来られる？　明日逃すと、来週になっちゃうんだけど。そうすると店に入るの一週間以上遅れるから、できれば明日来てほしいんだよね。どう？」

「明日は……」と喉元《のどもと》まで言いかけたが、杏子は「はい、大丈夫です」と答えていた。課長は「じゃ、よろしく」と杏子の履歴書をデスクにしまい、元の書類に目を通し始めた。和菓子屋に戻ると、女は奥から黒いエプロンと三角巾《きん》を出してきて、研修ではこれを着るように、と紙袋に入れて杏子に手渡した。

明日は、と言いかけたのは栞のことを考えてだったが、土曜は秋人が家にいるはずなので、おもりは彼に頼めばいいと思い直して、杏子は研修に行くことを決めたのだった。リストにある残りの大学だって、今日ではなく、明日秋人と一緒に行ってもらえばいいのではないだろうか？ あまり認めたくはないが、どちらかというと、自分より秋人のほうに栞がなつきそうな気配を杏子は感じていた。研修は十一時から三時までということだったから、終わったらまっすぐ帰ってきて、ちょっと手の込んだ料理でもしよう。そう思いつくと、杏子は急に身軽な気分になって、携帯のアドレス帳から「しおりちゃん」を呼び出し、電話をかけた。栞は三階の婦人服売り場にいた。迎えに行くと、エスカレーターのすぐ脇《わき》の壁に寄りかかり、足をぶらぶらさせている。

「ごめん、お待たせ」

目安にしていた時間より、もう二十分も遅かった。栞は不安そうにも不満そうにも見えなかった。一列になってエスカレーターに乗ると、杏子は振り向いて言う。

「ね、栞ちゃん。あたしね、明日この研修に行かないといけなくなっちゃったの。それ、半日かかるのね。で、もしよかったら、秋人がいろいろ案内できるから、今日は銀座にでも行ってゆっくり東京観光しない？」

「でも、大学は？」

「今日行ってもいいけど、秋人のほうが詳しいよ。秋人の学校、リストになかったけど、働いてる図書館も見せてくれるかもしれないし……」

栞はポシェットのひもをつまみ、ねじりながら杏子の顔をじっと見下ろした。杏子は浮かべた笑顔を疑われているような気がして、あわてて「もちろん、今日行ってもいいよ」と言い足した。

「わかった。じゃ大学は明日にする」

栞が答えると、杏子は内心ほっとして、鏡になっている横の壁で髪の乱れを整えた。鏡の中の栞が、自分の頭頂部を見つめているのに気づき、また振り向いて笑いかけた。

昨日使わなかった中央線に乗り、神田で乗り換えて有楽町で降りた。電車の中で、二人はドアの近くに立って、それぞれ後ろの手すりにもたれかかっていた。外濠《そとぼり》が見えているあいだ、栞は窓に顔を近づけて眺めていたが、見えなくなればまた電車の中に向き直って、ポシェットのひもをねじっていた。

「どこか行きたいところ、ある？」

聞いてみたものの、予想通り栞は首を横に振った。

「じゃあ、和光の時計台とか、みゆき通りとか行って、ご飯食べよっか。お腹《なか》すいた？」

栞はうん、とうなずく。

駅を出ると二人は晴海通りを歩きだしたが、次第に栞が後ろにさがっていくので、杏子は歩調をゆるめて並んで歩くようにした。それに、少し目を離していると、栞はなぜか自分たちとは逆方向の駅に向かう人たちの流れの中に入ってしまうので、その度に杏子がポシェットのひもをつまんで、正しい流れの中に引き戻してやった。

日光が容赦なく照りつけ、道行く人は各々《おのおの》の手で風をおこして歩いている。杏子はかぶった帽子をこまめに脱ぎ、ハンカチで額の汗をぬぐった。和光ビルが見えてくると、「あれが、有名な和光のビルだよ」と杏子は指さして教えたが、肝心の時計はまだ見えないので、栞はうん、とうなずくだけだった。交差点で横断歩道を渡ると、杏子は振り返って、ビルの上にある大時計を指さした。緑がかった文字盤に針が示している時間は、ぴったり一時半だった。通りの街灯に設置された五輪招致の赤い旗は、どこまでも続いているように見える。

まぶしさに目がくらんで栞に視線を戻すと、彼女はコンバースのかかとを花壇にこすりつけながら、通りを渡ってくる女子高生の三人組をじっと見ていた。ああいう格好に興味があるんだろうかと杏子も彼女たちを見つめていると、そのうちの一人が視線に気づいた。彼女は不機嫌そうに髪をかき上げたかと思うと、仲間に何かささやいて、小さく笑いながら二人を通り過ぎていった。すれちがいざまに強い香水の匂《にお》いがした。杏子は初めて一人で東京に来たときのことを思い出しかけた。すると再び立ちくらみのようなものを感じて、思わず栞の腕に手をかけた。

通りを少し入ったところにあるカフェに連れていくと、栞は辞書でもひくかのように真剣にメニューを見つめ、迷った末に海老《えび》入りのサンドイッチセットを頼んだ。杏子はチキンのサンドイッチにした。デザートに小さなアイスクリームがついていたが、杏子のサンドイッチが皿に半分残っているときに、栞はアイスまできれいに食べきっていた。

「もっとなんか食べたい？　せっかく来たから、パフェとか」

言うと、栞はうーん、と首をかしげたが、店員からメニューを手渡されると、その場でストロベリーパフェを注文した。

　店に入ったときには暑さでぐったりしていた杏子だが、会計を済ませるころにはもうひとがんばりできそうな状態に戻っていた。そして、日曜日には帰ってしまう栞と二人で出かけるのは今日が最後なのだから、できるだけ華やかな、東京らしいところを見せてやりたいと思うのだった。

　みゆき通りを抜けて日比谷公園側へ線路の高架をくぐる途中、「東京タワーってどこにあるの？」と栞が口を開いた。

「東京タワー？」

「こないだ来たとき、電車の中から見えた」

「東京タワーはね、地下鉄乗らなきゃだけど、わりと近いと思うよ。行きたい？」

「……できたら」

　栞の消極的な提案が杏子には思いのほか嬉《うれ》しく、地下鉄の入口を探して階段を下りた。数分後、御《お》成門《なりもん》駅の出口を出ると、東京タワーは木立のあいだにもう見えていた。

「すごい、ほんとにあった」

そう言う栞に、「そうでしょ、ほんとにあるよ」と答え、杏子は路上の地図を確認して歩き始めた。

歩きながら、栞は常に首を上げて、ときには立ち止まって、東京タワーをじっくり見ていた。地下鉄の構内でかなり歩いたので、回復した体がまただるくなってきた杏子だけれど、そういう横顔を見ればやはり、連れてきてよかった、と思う。それに杏子自身、東京タワーの近くまで来たことはあるが、登ったことはなかった。ぜひとも登ってみたいわけではなかったが、栞が見たいというのであれば、満足するまで付き合うのが年上のいとこの役割だろうし、それに、珍しい連れと初めて東京タワーに登ってみるのも、夏の思い出として悪くはない。そう思うと、カメラを持ってくるんだった、と杏子は後悔した。

夏休みのせいなのか、平日とはいえチケット売り場もエレベーター乗り場もかなり混雑していた。キャミソールから太い腕を出した外国人に栞がぶつかってしまったが、杏子がソーリー、と謝ると彼女はにっこり笑って去っていった。売り場から少し離れたところに人だかりがあり、近づいてみると、輪の中心にはチョッキを着たサルと揃《そろ》いの格好をしたサル使いが芸をしている。栞がそれをじっと見ているので、杏子は「あたし並んどくから、栞ちゃんは見てていいよ。直前になったら、携帯で呼ぶから」と言って、輪を離れた。栞はその後ろ姿に何か言いかけたが、周りでわっと拍手が起こったので、再びサルに視線を戻した。

チケットを買い、ロビーの外まではみだしている列に加わると、杏子は目立たないようにパンプスを脱いで、縮こまった足の指をよく動かした。親指の付け根が、靴の革にすれて赤くなっている。杏子はちぎったティッシュペーパーをその上に当てて、パンプスを履き直した。

四十分後、あと十数人でエレベーターに入れるというところで、携帯電話で栞を呼び出す。栞がいる方向から聞こえる拍手と、電話の栞の声の後ろで聞こえる拍手が、わずかにずれて杏子の耳に届いた。列をくぐりぬけてやって来た栞に、杏子は手を振って、「もうすぐだからね」と笑顔を向けた。

エレベーターが開いて、客が降りてくる。案内係が並んでいる客を誘導し、杏子たちも列に従って進む。

「ねえ、これ乗るの？」

栞が聞いた。そうだよ、と杏子はうなずく。

「これで一気に、ばーっと上まで。それとも、階段で行きたい？」

笑いながら言い終える前に、栞が言った。

「わたし、乗らない」

「えっ？」

「乗りたくない」

杏子はうつむいた栞のまぶたをじっと見つめる。そしてわからなくなる。

「なんで？」

大きな声を出した杏子に、前後の客が顔を向けた。そして連れ同士目を合わせて、困惑の表情を浮かべたり、声には出さず笑いあったりした。

「栞ちゃんが行きたいって言ったんじゃない。四十分も並んで待ってたんだよ。乗る気ないなら、並ぶ前に言ってよ」

「でも……」

うつむいたまま、栞が言う。

「でも？」

「でも、高いところ、だめなんだもん」

杏子は、最初の電話で叔母がそんなことを言っていたのを思い出した。そして、それを忘れていた自分と、それを先に言わなかった栞に、瞬間、心から腹が立った。

「わかった」杏子は体をよじらせて列を抜け、駅に向かう道に出た。栞は少し遅れてついて来た。振り向いた杏子は早口で言った。

「今日はもう帰ろう。疲れたから、家で休もう」

栞がうん、とうなずくのを見ないまま、杏子は駅までの道を急いだ。二人は駅の構内でも、電車の中でも、家までの道も、前後の列をくずさずに帰った。


一週間の仕事を終え、すっきりした気持ちで秋人が家に帰ると、居間の電気がついていなかった。ただ、その両側のドアの下から、細く光がもれていた。

ただいまあ、と寝室に入ると、杏子はベッドに横たわって雑誌をめくっている。すでにパジャマ姿で、化粧も落としている。

「どうしたの、今日は」

秋人は笑いながら聞いた。

「どうしたもこうしたも。今日も暑い中ふらふら出歩いて、また疲れちゃった」

「おつかれさま。杏ちゃんも年だね」

「そうだよ、年だよ」

声にとげがあるようだったので、秋人はポロシャツに着替えてからベッドのそばに立ち、ふざけて妻の頰を手のひらで包もうとした。が、「暑いんだからやめてよ」とすぐに振りはらわれた。

「あとでお願いがある」

そう言うと、杏子は体を起こして、台所に向かった。秋人は脱いだ衣服を集め、鏡台の椅子《いす》にかけたままの杏子のバスタオルも持って、部屋を出た。そのついでに、「栞ちゃん、ご飯だよ」と栞の部屋に声をかけた。

汚れものを脱衣籠《かご》に放りこんでいるとき、居間で大きい声が聞こえ、秋人はぎょっとした。あわてて戻ってみると、焼き魚の皿を持った杏子と、部屋着姿の栞がにらみ合っている。

「どうしたの」

秋人がおそるおそる聞くと、杏子は皿を食卓に置き、「なんでもない」と台所に戻った。栞もぷいと自分の部屋に入ってしまった。

「ちょっと、どうしたの」

秋人は妻を追って台所へ行く。

「なんでもない。スリッパ履いてって頼んだだけ」

茶碗《ちゃわん》にご飯をよそりながら、杏子は言った。

「それで、そんな大きい声出す？」

「だって三回目だよ？　わざとやってるとしか思えない」

「そうかなあ……別に無理やりスリッパ履かせなくても……でもまあ、そんなに怒らなくったって」

「うちではスリッパ履くのがルールなの！」

トレイに三人分の茶碗を乗せた杏子は、秋人の体にわざとぶつかって居間に戻り、一人食卓につく。そして秋人に、栞の部屋のほうをあごで示す。彼はしかたなく部屋の前に立って、声をかけた。

「栞ちゃん、ご飯できたから食べよう」

返事はない。振り向くと、杏子はテーブルに両肘《りょうひじ》をついて、組んだ手に顎《あご》を乗せ、こっちを見ている。試験官のようだ、と秋人は思った。

「おーい栞ちゃん。ご飯食べようよー」

軽く節をつけて呼びかけると、栞はあっさりドアを開け、スリッパを履いた足で出てきた。そのまま所在なさげにドアの前に立っていたが、秋人に笑いかけられると、素直に杏子の待つ食卓についた。

食事のあいだ、喋《しゃべ》っているのは主に秋人と杏子で、それは前二日と変わらないことなのに、交わす言葉の一つ一つ、そのあいだのちょっとした沈黙、三人の箸《はし》の上げ下ろし、そういうすべてを秋人はぎこちなく感じた。そして、これという原因もつかめないまま、なんとなく責任を感じた。

秋人は肩の力を抜いて、少なくとも沈黙の時間を作らないために、妻に話しかけ続けることにした。

「このスープおいしい。なんかお店に出てきそうな味。でも辛くて汗が出るなあ。暑くない？」

杏子は口の中のものを飲み込んでから、そっけなく答える。

「そう？ あたし寒いくらいだけど」

「一瞬、冷房下げない？」

「だめ。このままでいい」

杏子は冷房のリモコンをとって、秋人の手の届かないところへ置いた。

「ええ？　下げようよ。栞ちゃんも暑くない？」

水色の半袖パーカーを着ている栞に、秋人は聞いた。杏子はテレビに視線を移した。二人のやりとりには加わらないつもりだった。

「わたしも、暑いです」

栞が言いきったので、杏子はちらりと彼女に目を向けた。栞は箸と茶碗を持った手をテーブルの上に置き、杏子ではなく秋人を見ている。

「だよね？　ほら、二対一だよ。温度下げよう」

秋人はテーブルの端に置かれたリモコンを取り返そうと手を伸ばす。はっとした杏子は、リモコンを自分の尻《しり》の下に隠した。

「おいおい、どうしちゃったの」

秋人が苦笑いしながら言った。

「だめ。すぐちょうどよくなるんだから、無駄なことしなくていいよ」

「変なところで厳しいんだから。ごめんね栞ちゃん、ちょっと我慢して」

「脱ぐからいいです」
言うが早いか、栞はパーカーのジッパーを下ろし、黄色いキャミソール姿になった。平べったい胸だったけれど、ブラジャーをつけていないので、綿の生地に乳首の突起が現れていた。

土曜の朝、杏子がベッドを出たころには、二人はもう家にいなかった。台所に行くと、トースト用の皿とマグカップが二つずつ流しに置いてあった。今日も晴れている。居間の窓が開け放してあったので、杏子は冷房のスイッチを入れて、窓を閉めた。ゆっくり朝食を食べて、ていねいに化粧をし、研修に向かうため部屋を出た。

研修室に集まったのは、十人ほどだった。大学生も、杏子の母親くらいの年頃の女もいた。それぞれ、働き先の店舗から支給されたエプロンをつけている。耳たぶがちぎれそうな大きいピアスをしている若い女が、杏子の隣に座った。刺繡《ししゅう》つきの白いエプロンに、洒落《しゃれ》たレースの三角巾《きん》をつけている。きっと洋菓子の売り場だろう。杏子は自分が身につけている、なんの飾りもない黒いエプロンを見下ろした。

研修の講師として入ってきたのは、小柄で妙に日焼けした中年の男だった。笑顔で資料を配り、自己紹介を始める。杏子は筆入れからシャープペンシルを取り出して、ところどころメモをする。そのあいだ、出かけている二人のことを、考えないわけではなかった。

昨日の夜、栞の案内役を頼むと、秋人はあっさり了解した。「疲れてるなら、朝寝てていいよ。朝ご飯、俺がやるから」とまで言った。東京タワーの一連の話はあえてしなかったが、秋人にそう言わせるほど自分が不機嫌な顔をしていたのかと思うと、杏子は今になって恥ずかしくなる。確かに、昨日は大人げなかった。高校生相手にへそを曲げるなんて、多少疲れていたとはいえ、どうかしていた。今日は早く家に帰って、品数多く料理を作って、栞にも、優しくしよう。そう決めると、杏子はおだやかな気持ちになって、講義をしている男につい微笑《ほほえ》んでしまった。すると男も律儀《りちぎ》ににっこり笑顔を作ってみせたので、杏子はばつが悪くなって、あわてて下を向いた。

角度が違う三種のお辞儀の練習を終えると、男は大げさな身振りを交えて説明する。

「はい、では皆さん、今度はお隣の人と向かい合って座ってください。これから、順番に自己紹介をして、今回ご自分がそれぞれの店舗を選んだ理由と、最近あった嬉《うれ》しかったことについて、お互いに話しましょう。相手の聞き方、話し方、どんなところを感じよく思ったか、またはその逆もあると思いますが、そういうところを意識してやってみてください。制限時間は十分です。今長い針が7のところにありますから、9になるまで話しましょう。それでは、始め」

杏子は隣に座ったピアスの女と向かい合った。女は「宜《よろ》しくお願いします」と笑いかけてきた。杏子が笑顔を返すと、女のほうからはきはきと話し始めた。

「わたし、滝谷夕子と言います。今、大学二年で、英米文学を専攻してます。サークルは映画研究会に入っていて、趣味も映画鑑賞です。ええっと、このくらいですかね？」

彼女はピアスを揺らしながら、杏子に向かって首をかしげた。

「ええ、いいと思います……わたしは、小暮杏子です。昔は図書館で働いていましたが、今は主婦です。趣味は、料理です」

「得意な料理はなんですか？」

「ええと……なんでしょう、普通ですけど、カレイの煮つけとか、主人はおいしいと言ってくれますけど……でもたいていのものは褒める人ですので……」

「へえ、ご主人素敵ですね」

「あの、お料理は、しますか？」

「わたし全然できないんですよ。要領が悪いというか、すごく時間かかっちゃって。料理得意な人、尊敬します」

「いえ、得意というわけでは」

「でも、毎日作ってるなんてすごいです」

　緊張しながら話しているうちに、杏子は無性に秋人に会いたくなった。感じのいい大学生と互いの生活について褒め合っているより、炎天下の中、秋人と栞と東京見物をしているほうが、数段ましだと思った。最近嬉しかったこととして、女はサークルで自主制作した映画が何かのコンペで準優勝したことをあげた。将来、映画に関わる仕事がしたいと言った。同じ題に、杏子は、西表島から高校生のいとこがうちに遊びにきたこと、と言った。

「えっ、西表島から来たんですか？」

女は身を乗り出して聞く。

「わたし、ちょうど春休みに行って来たばっかりなんです。いいなあ。その子、イリオモテヤマネコ見たことあるんですか？」

「ええ、あるって言ってた」

「へえ、すごい！　どんな感じなんですかね。わたし、写真はいっぱい見たんですけど、実物には会えなかったんです」

秋人も同じようなことを言っていたのを思い出す。

「わからないけど、そんなに簡単に会えるものじゃないみたいですね」

「ヤマネコってすごいんですよ、ネコなのに、泳げちゃうんです」

女はどこで調べたのか、ヤマネコとイエネコの違いについて喋りだす。どうして西表島と聞けば皆ヤマネコの話をするのだろう。写真も見たこともない杏子にとっては、ほとんどどうでもいい話だった。しかし、そんな話をする人々は、自分には見えない糸でこっそりつながっているようで、なんでもない顔をしてはいても、杏子の心は細かく不安定に、揺れた。

「それでそのいとこさんは、どんな子なんですか？」

杏子は少し考えてから、「静かだけど、目が大きくて、かわいい子」と答えた。

講師の男は長針が9になったのを確認して、手を叩《たた》いた。


研修が終わると、杏子はすぐに家に帰った。白いシャツと黒いスカートを脱いで、袖《そで》なしの綿のワンピースに着替える。インスタントのコーヒーを入れ、『きょうの料理』のバックナンバーを十冊ほど本棚から取り出し、ローテーブルに置いた。スリッパを脱いで、ソファの上に横になる。夕食候補の料理のページにふせんをくっつけていると、次第に眠くなってきた。時計を見ると四時過ぎだった。ひと眠りしてから買い物に出かけることにしよう、そう思ってトイレに立ったとき、玄関で音がして秋人と栞が帰ってきたのがわかった。

「お帰りなさい」

玄関まで迎えに行くと、ポロシャツをつまんで腹に風を送っている秋人が「あー、暑かった。シャワー入っていい？」と聞く。杏子はそれを無視して、笑顔で栞に声をかける。

「栞ちゃん、おつかれさま。アイス食べる？」

栞はうん、と答えたが、靴脱ぎ場に立ったまま、杏子の足元をじっと見ている。不思議に思って、杏子はその視線の先を見下ろした。そして、自分が裸足《はだし》でいることに気がついた。

はっとした彼女は、あわてて居間に戻り、ソファの下に脱いであったスリッパに足を通した。手を洗って居間に入ってきた栞に「はい、どうぞ」と水色のアイスバーを手渡すと、杏子はソファに戻って『きょうの料理』を開いた。それからしばらくは立ったままアイスを食べている栞の視線を感じて、顔を上げられなかった。

栞を家に残して、夫婦は近所のスーパーに買い出しに行った。

秋人は青のポロシャツに着替えている。途中顔見知りの夫婦に出くわし、「暑いですね」と声をかけあった。別れてから、「奥さん、お腹《なか》おっきくなかった？」と杏子は秋人に聞いたが、秋人は「えっ、そう？　ぜんぜん見てなかった」と関心がなさそうだった。

「あたし、子ども産むなら女の子のほうがいいって思ってたけど、年頃の女の子って、けっこう難しいね」

「栞ちゃんのこと？」

「うん、まあ」

「素直な子だと思うけどなあ」

秋人はがさがさと髪をかき上げる。そろそろ美容院に行ってもらわなくては、と杏子は思う。

「今日、どこ行ったの？」

「えっと、まずリストの残りの学校に行こうとしたんだけど、うちの学校が見たいっていうから、連れてった。そしたら残りのリストのところはもう行かなくてよくなったみたいで、秋葉原に行った」

「秋葉原？」

「なんか行きたいっていうから」

へえ、そう、と杏子はなんでもないふうを装《よそお》った。

「渋谷とかには、行きたがらなかった？」

「いや別に。それから、東京タワーに行った」

聞き違いかと思って、「どこ？」と聞くと、秋人は「東・京・タワー」とはっきり区切って答えた。

「それは、栞ちゃんが行きたいって言ったの？」

「いや、俺が。あと一ヶ所連れてくとしたら、やっぱ東京タワーだろ、と思って」

「混んでなかった？」

「混んでたねえ。で、チケット売り場まで行って知ったんだけど、あの子高所恐怖症なんだって。飛行機はいいのって聞いたら、飛行機は動くからいいんだってさ。おかしいよなあ。でもせっかく来たんだし、一人で上京した記念に、それも治しちゃおうよって説得したら、ついてきたよ」

「登ったってこと？」

「まあ、最初はこわごわだったけど、登っちゃってからは意外と楽しそうだったよ」

再び、へえ、そう、と杏子は言った。

路地を照らす西日の中、柔らかい生地のワンピースを着て微笑んでいる妻を見て、秋人は突然、彼女の前にひれ伏して拝みたいような気持ちにかられた。それくらい、杏子は夫の目に美しかった。

翌日、栞は十時半の飛行機に乗って帰っていった。

来たときとまったく同じ格好をしていたが、最初に持っていた大丸デパートの紙袋の代わりに、空港内の土産物屋の青い紙袋をぶらさげていた。空港まで見送りにきた杏子と秋人が持たせたものだった。中身は栞が選んだが、すべてチョコレート関係の菓子だった。

検査場の前で、栞はまごまごしている二人をまっすぐ見据えて、「お世話になりました」と頭を下げる。夫婦は顔を見合わせて、初めて栞が家に来て、こうして頭を下げたときとまったく同じことを考えた。

「なんか、短い日数でいろいろ連れまわしちゃって、ごめんね。おうちで、よく休んでね」

杏子が声をかけると、ううん、と首を振る。

「また来たら、東京タワー行こうね。今度は一番上まで行こう」

秋人の言葉に、杏子はどんな顔をしたらいいか戸惑ったが、栞は表情も変えず、うん、と答えた。東京タワーのことは、三人では話していない。昨日の食卓では、その話題になりそうになると、杏子が巧みに別の話題にすりかえていた。

「おばさんたちによろしくね。あの部屋は空いてるから、また、いつでも来てね」

脳の中にすでに書かれているかのように、言葉はすらすらと出てきた。いったいこれは誰が書いた台本なのだろう。栞の腕を軽く叩きながら「遠慮しないでね」などと言っている自分が、よくあるメロドラマの中のよくある登場人物のように思え、杏子は言いかけた言葉をすべて飲み込んだ。代わりに、「おばさんによろしくね」ともう一度言った。

手も振らないで検査場に向かった栞がゲートをくぐりぬけて見えなくなると、おもむろに秋人が言った。

「ね、夏休み、西表島行こうよ」

「ええ？」

「昨日、栞ちゃんにお願いしちゃった。栞ちゃんちの民宿泊めてって」

「夏休みって、お盆のこと？」

「そう。今年はイタリア行ったばっかりだからどこにも行かないって話だったけど、せっかくだから行こうよ、西表島。栞ちゃんと話してたら、行きたくなった。お母さんに聞いてくれるって」

秋人は杏子の肩に手を置いて、ぽんぽん叩きながら言う。杏子は少し考えて、答える。

「あたし、行けないよ」

「なんで？」

「だって今週からパートだもん。人手が足りなくって、夏休み中は毎日でも来てほしいって言われてるんだから。入ったばっかりで、何日も休めない」

「あ、そう……じゃ、来年にでも」

秋人は来年のことを考えた。来年になっても、妻は美しく、仕事は順調で、体は健康だろうか。しかし考えるべきは今日のことだ。秋人は杏子を空港内のレストランに誘った。ほんとうは、栞が乗った飛行機を二人でデッキから眺めるつもりだった。杏子も秋人も、自分たちがなぜそこにいるのか、誰を見送りにきたのか、なんてことは忘れてしまったように、ただ食べて、笑い、いつもの二人に戻った。

家に帰ると、杏子は栞の部屋に入り、花柄のベッドカバーとシーツをはがし、掃除機をかけた。そしてベッドの背を起こし、ソファにして、そこに腰かけた。アイスバーを二つ手に持った秋人が入ってきて、横に座った。

数年後、二人のあいだには男の子と女の子の赤ちゃんが生まれていたが、どちらの子どももこの部屋に眠ることはなかった。一家はより広い住まいを求めて、都心からずっと離れたところに引っ越してしまった。その年、東京で大学生になっていた栞のアパートに、彼らからの年賀状が届いた。差し出し人として並べて書かれた一家四人の名前を、栞はじっと見つめて、あの暑い日に初めて東京タワーに登ったときのことを、思い出すのだった。

解説

——ささやかだとしても、確実な変化

柴崎友香

「綿棒のようなシルエットの父がわたしに手を振って、一日が始まった。」

始まりの一行で、遠くで頼りなく手を振る中年男性の姿がゆらりと浮びあがってきて、わたしの描くイメージは、語り手である「わたし」の視線にすんなり同化していく。

「わたし」と「父」は、特段仲がいいわけでも悪いわけでもない、つまりどこにでもいる二十歳前後の娘と父のようだ。「父」は、禿《は》げているし、弱々しく見えるくらいにやせているらしい。口数も少なく冗談も言わない、通勤の人込みに紛れてしまうような人。

一見（一読？）平凡な、どこにでもいる「お父さん」のように語られるが、読んでいるうちに引っかかりはじめる。

すぐそばで孫が咳《せ》き込んでこぼれたジュースが読みかけの新聞に浸《し》みていっても動

こうとしないみたいだし、朝の新宿を見たいからとわざわざ五時から一人で出かけてしまう。

なんだか結構変わったところのある人なのでは？

そんな「ひっかかり」を、もちろん「わたし」＝桐子だってずっと感じていて、だからこそ「遠藤忠雄」とはどんな人なのか知りたいと思った時期もあるのだが、普段とは違う父の一面が唐突に現れるたび、動揺して、目をそらしてしまうようなところがある。一度だけ父と兄との喧嘩《けんか》を目撃したときも、かえって父への興味を閉じてしまったし、バスツアーの最中にも何度か思いがけない場面に遭遇するが、発見や感心ではなく、気恥ずかしさや居心地の悪さが先に立つ。しかし、気になってまた見てしまう。

この微妙な両義的な感覚は、主人公が謎《なぞ》めいたところのあるミカド姉さんの喫茶店に住み込みながら向かいのアパートの住人を眺める、デビュー作の『窓の灯』以来、青山さんの小説の中に、繰り返し描かれてきた。

自分以外の人に対する、感情。いや、はっきり「感情」と書いてしまうと、違う気がする、期待といえばいいのか、願望といえばいいのか……。気持ちが向く、その向かいかたと説明するほうが、近いかもしれない。とにかく、名付け難いが、確かに誰もが持っている、もちろん自分も身に覚えのある、「誰か」とのあいだに湧《わ》き上がる「なにか」。

それは家族や恋愛対象など近しい関係の人から、なんとなく気が合わない人、職場で見かける程度の人にまで、ふとしたきっかけで現れ始める。こうであってほしいという思いや、自分のある部分を受け止めてくれるのではないかという期待。

それはなにも理想通りであったり、自分の希望を叶《かな》えてくれるプラスの意味だけでなく、嫉妬《しっと》や苛立《いらだ》ちの対象であってほしいこともある。ときには自分だけの強い思い込みだったことに気づかされもする。

新しいカメラを買い、写真を撮りはじめたばかりの桐子は、短い旅行のあいだじゅう、自分の周りを見つめ続ける。カメラを構えていないときも、ファインダーを通しているかのように、どこを写真に写せばいいか思い描きながら、バスツアーの参加者の中年女性たち、窓の外で移り変わる風景、道路脇《わき》の金物屋の看板、遠くまで続く果樹園、その向こうのアルプス……。

桐子に与えられた「かけら」というお題は、写真のコンテストや講習会ではありがちなものだろう。「たぶん、世の中はかけらであふれてるって言わせたいんじゃないの」、と桐子がちょっと面倒そうに説明するのも頷《うなず》けるほど、すでにどこかで何度も繰り返されてきたような題目だが、そのささやかな言葉は彼女の中に居座る。カメラを向け続けるうち、桐子は、同じ場所に子どものころ家族で訪れたことを思い出す。正確には、同じ場所で撮った写真を見たことに気づく。体験の直接の記憶ではなく、写真という「証拠」を介して組み立てられた記憶が、過去を運んでくるのだ。そして、時間を隔てた同じ場所にいる、自分と父や家族の現在を「なんだか作り話のように思える」と感じると同時に、過去を「どちらかと言えば写真のほうが作り物なのではないかという気もする」。実際の風景をそのまま焼き付けるはずの写真は、こんなふうに、過去の証拠や記憶の固定でなく、現実の感じ方をずらしてしまうものとしても作用する。

わたしは、学生のころから趣味で写真を撮っている。カメラを持ち歩き（といっても、今ではほとんどの人がカメラのついた機器を常に携帯しているが）、何千枚と写真を撮ってきた。だけど、何のために写真を撮るのか、未《いま》だにわからないでいる。

素朴な衝動としては、見たものを切り取りたい、残したい、所有したい、という欲望なのだとは思う。今しか見られないもの、ここにしかない、本来は自分のものにはならないはずの一瞬を、留《とど》めておこうとする欲望。そして、いい写真が撮れないか、なにか貴重なものを自分が捉《とら》えられるのではないか、という期待。カメラのシャッターボタンを押す瞬間、つまり、今見えているこの光景を写真に撮りたいと思う瞬間、脳裏には、捉えられ、写真となって切り取られる「完成形」が浮かんでいる。

しかし、できあがってくる写真と、その「予想図」がぴったり一致することは、まずない。思うように撮れなかったときにしても、見栄《みば》えのいい写真ができあがってきたときにしても、やっぱり実際に写真になったものを見たときにしかわからないことが、必ずある。

それは、大きめの液晶パネルで確認しながら撮る最新のデジタルカメラでも、変わらない。「映るはずのもの」と「写し出されたもの」のあいだには常に確かな違いがある。しかし、そこになぜ違いが存在するのか、その謎、その感触こそが、人が写真を撮り続けてしまう吸引力なんじゃないかと思う。

この小さな機械の中を光が通り抜けていく一瞬になにが起こるのか。それは化学反応みたいなものかもしれないし、あるいは、「魔法」や「奇跡」と呼ばれるものに近いなにかなのかもしれない。

読んでいるわたしも、ファインダーを覗《のぞ》くように、桐子にとっての「遠藤忠雄」について、じっと目を凝らす。「なんだか頼りないお父さん」で安定していてほしいのか。あるいは、予想もしない変化を実は期待している、ということはありえるだろうか。「お父さんはむしろ簡単だぞ」と答える兄は、はたして桐子よりもその人を理解しているのだろうか。

バスツアーから時間が経《た》って、桐子はようやく写真を現像に出す（きっと、この数週間という微妙な時間が必要だったのだ）。そこに知らなかった父の一面が捉えられていたから、目を奪われるのではない。ただ、その人自身としてそこに立っている、そのことがなぜこんなにも心に響いてくるのか。

それは、このとても丁寧に書かれた短編小説の一行一行を追っていった人にしかたどりつけない、説明しがたい感覚だ。

「欅《けやき》の部屋」「山猫」でも、主人公たちは、「誰か」にさまざまな思いを抱く。結婚を間近に控えた諒助は、数年前につき合っていた小麦の思い出を反芻《はんすう》する。欅、なんて、普通は女の子を喩《たと》えるには不向きに思える堂々とした木を思い浮かべ、自分だけが知っているはずだと思っていた彼女のそばにいたころの記憶をたどる（関東平野ですっと高く伸びている欅の姿は、幹はどっしり力強く、放射状に広がる枝振りは繊細で、春に大量に芽吹く葉は日に透けて輝き、思わず見上げてしまうような存在で感動したことを、植生が違って立派な欅が少ない関西の出身者として、主張しておきたい）。

結婚生活をはじめたばかりの杏子とその夫は、西表島《いりおもてじま》から突然やってきた親戚《しんせき》の少女・栞に対して、素朴な少女らしさを期待して娘や妹だったらと想像し、実際の彼女の思いがけない態度には憤慨したりする。その中で、出会いやちょっとした出来事が思い出される。夫婦がお互いに抱いている相手のイメージは重なるようで重ならないが、秋人が何度も目の前の杏子の美しさを確認するように、それぞれの愛情が損なわれるわけではない。

どうしようもなく人を求める気持ちは、彼らの未熟さでもあるのだろう。届かないのではないか、結局なにもわからないのではないかと、うすうす気づきながらも、それでもやはり、そのなにかを必要としてしまう。

「ある出来事を初めて思い出すとき、僕は一番恥ずかしい」という諒助のその感じを、わたしたちは確実に体験したことがある。思い出さないようにしている、ふと思い出してしまうこと。青山さんの小説の言葉には、具体的なエピソードというより、とにかく胸の中がざわついて逃げ出したくなるような、感覚そのものを、思い出さずにはいられない鋭さがある。

三つの小説の主人公たちは、時間が過ぎていくことを知っている。過去のある時点を振り返りながら、今の自分がそこからすでに距離を隔ててしまったのと同じく、この先にも生活を営んでいく長い時間が横たわっていることを、わかっている。未熟さは、とてもいとおしく、いたたまれず、そして過ぎ去ってしまえば切ないほど遠くなるものであるということを、ささやかな物語からわたしは身にしみて感じる。

短い小説の中で、主人公たちは、始まりと終わりで大きく状況が変わる、というわけではない。桐子は家族との関係は相変わらず大学生活を送るだろうし、諒助は結婚の約束をした相手と結婚するための引っ越しを終え、杏子と夫との暮らしは続いていく。

だけど、一行目を読み始めたときと、最後の行を読み終えたときでは、登場人物たちも、読み手も、その内側で確実になにかが変化している。

青山さんの書き綴《つづ》った文章をくぐり抜けるとき、カメラを通すと現実の光景が画像となるときに確実に変化するように、小さな魔法とか奇跡とか呼んでもいい経験を、きっと読者はするのだ。

（二〇一二年五月、作家）

この作品は平成二十一年九月新潮社より刊行された。

柴崎友香著
その街の今は
芸術選奨文部科学大臣新人賞受賞

カフェでバイト中の歌ちゃん。合コン帰りに出会った良太郎と、時々会うようになり――。大阪の街と若者の日常を描く温かな物語。

島本理生著
あなたの呼吸が止まるまで

十二歳の朔は、舞踏家の父と二人暮らし。平穏な彼女の日常をある出来事が襲う――。大人へ近づく少女の心の動きを繊細に描く物語。

瀬尾まいこ著
卵の緒
坊っちゃん文学賞受賞

僕は捨て子だ。それでも母さんは誰より僕を愛してくれる――。親子の確かな絆を描く表題作など二篇。著者の瑞々しいデビュー作！

金原ひとみ著
ハイドラ

出会った瞬間から少しずつ、日々確実に、発狂してきた――。ひずみのない愛を追い求めては傷つく女性の心理に迫る、傑作恋愛小説。

本谷有希子著
グ、ア、ム

フリーターの姉vs.堅実な妹。母も交えた女三人のグアム旅行は波乱の予感……時代の理不尽を笑い飛ばすゼロ年代の家族小説。

湯本香樹実著
春のオルガン

いったい私はどんな大人になるんだろう？ 小学校卒業式後の春休み、子供から大人へとゆれ動く12歳の気持ちを描いた傑作少女小説。

三浦しをん著

格闘する者に○《まる》

漫画編集者になりたい――就職戦線で知る、世間の荒波と仰天の実態。妄想力全開で描く格闘の日々。才気あふれる小説デビュー作。

三浦しをん著

秘密の花園

それぞれに「秘めごと」を抱える三人の女子高生。「私」が求めたことは――痛みを知ってなお輝く強靭な魂を描く、記念碑的青春小説。

三浦しをん著

私が語りはじめた彼は

大学教授・村川融をめぐる女、男、妻、娘、息子……それぞれの「私」は彼に何を求めたのか。人間関係の危うさをあぶり出す、連作長編。

三浦しをん著

乙女なげやり

日常生活でも妄想世界はいつもハイテンション。どんな悩みも爽快に忘れられる「人生相談」も収録！　脱力の痛快ヘタレエッセイ。

三浦しをん著

桃色トワイライト

乙女でニヒルな妄想に爆笑、脱力系ポリシーに共感。捨てきれない情けなさの中にこそ愛おしさを見出す、大人気エッセイシリーズ！

三浦しをん著

きみはポラリス

すべての恋愛は、普通じゃない――誰かを強く大切に思うとき放たれる、宇宙にただひとつの特別な光。最強の恋愛小説短編集。

いしいしんじ著

ぶらんこ乗り

ぶらんこが得意な、声を失った男の子。動物と話ができる、作り話の天才。もういない、私の弟。古びたノートに残された真実の物語。

いしいしんじ著

麦ふみクーツェ

坪田譲治文学賞受賞

音楽にとりつかれた祖父と素数にとりつかれた父。少年の人生のでたらめな悲喜劇を貫く圧倒的祝福の音楽、そして麦ふみの音。

いしいしんじ著

トリツカレ男

いろんなものに、どうしようもなくとりつかれてしまうジュゼッペが、無口な少女に恋をした。ピュアでまぶしいラブストーリー。

いしいしんじ著

東京夜話

愛と沈黙、真実とホラに彩られた東京の夜。下北沢、谷中、神保町、田町、銀座……18の街を舞台にした、幻のデビュー短篇集！

いしいしんじ著

ポーの話

あまたの橋が架かる町。眠るように流れる泥の川。五百年ぶりの大雨は、少年ポーをどこへ運ぶのか。激しく胸をゆすぶる傑作長篇。

いしいしんじ著

雪屋のロッスさん

調律師、大泥棒、風呂屋、象使い、棟梁、サラリーマン、雪屋……。仕事の数だけお話がある。世界のふしぎがつまった小さな物語集。

川上弘美著

ニシノユキヒコの恋と冒険

姿よしセックスよし、女性には優しくこまめ。なのに必ず去られる。真実の愛を求めさまよった男ニシノのおかしくも切ないその人生。

川上弘美著

センセイの鞄

谷崎潤一郎賞受賞

独り暮らしのツキコさんと年の離れたセンセイの、あわあわと、色濃く流れる日々。あらゆる世代の共感を呼んだ川上文学の代表作。

川上弘美著
吉富貴子絵

パレード

ツキコさんの心にぽっかり浮かんだ少女の日々。あの頃、天狗たちが後ろを歩いていた。名作「センセイの鞄」のサイドストーリー。

川上弘美著

古道具 中野商店

てのひらのぬくみを宿すなつかしい品々。小さな古道具店を舞台に、年の離れた4人のもどかしい恋と幸福な日常をえがく傑作長編。

川上弘美著

なんとなくな日々

夜更けに微かに鳴く冷蔵庫に心を寄せ、蜜柑の手触りに暖かな冬を思う。ながれゆく毎日をゆたかに描いた気分ほとびるエッセイ集。

川上弘美著

ざらざら

不倫、年の差、異性同性その間。いろんな人に訪れて、軽く無茶をさせ消える恋の不思議。おかしみと愛おしさあふれる絶品短編23。

江國香織著

東京タワー

恋はするものじゃなくて、おちるもの――。いつか、きっと、突然に……。東京タワーが見える街で繰り広げられる狂おしい恋愛模様。

江國香織著

号泣する準備はできていた

直木賞受賞

孤独を真正面から引き受け、女たちは少しでも前進しようと静かに歩き続ける。いつか号泣するとわかっていても。直木賞受賞短篇集。

江國香織著

ぬるい眠り

恋人と別れた痛手に押し潰されそうだった。大学の夏休み、雛子は終わった恋を埋葬した。表題作など全9編を収録した文庫オリジナル。

江國香織著

雨はコーラがのめない

雨と私は、よく一緒に音楽を聴いて、二人だけのみちたりた時間を過ごす。愛犬と音楽に彩られた人気作家の日常を綴るエッセイ集。

江國香織著

ウエハースの椅子

あなたに出会ったとき、私はもう恋をしていた。出会ったとき、あなたはすでに幸福な家庭を持っていた。恋することの絶望を描く傑作。

江國香織著

がらくた

島清恋愛文学賞受賞

海外のリゾートで出会った45歳の柊子と15歳の美しい少女・美海。再会した東京で、夫を交え複雑に絡み合う人間関係を描く恋愛小説。

梨木香歩著

裏庭

児童文学ファンタジー大賞受賞

荒れはてた洋館の、秘密の裏庭で声を聞いた——教えよう、君に。そして少女の孤独な魂は、冒険へと旅立った。自分に出会うために。

梨木香歩著

西の魔女が死んだ

学校に足が向かなくなった少女が、大好きな祖母から受けた魔女の手ほどき。何事も自分で決めるのが、魔女修行の肝心かなめで……。

梨木香歩著

からくりからくさ

祖母が暮らした古い家。糸を染め、機を織る、静かで、けれどもたしかな実感に満ちた日々。生命を支える新しい絆を心に深く伝える物語。

梨木香歩著

家守綺譚

百年少し前、亡き友の古い家に住む作家の日常にこぼれ出る豊穣な気配……天地の精や植物と作家をめぐる、不思議に懐かしい29章。

梨木香歩著

ぐるりのこと

日常を丁寧に生きて、今いる場所から、一歩一歩確かめながら考えていく。世界《ぐるり》と心通わせて、物語へと向かう強い想いを綴る。

梨木香歩著

沼地のある森を抜けて

紫式部文学賞受賞

はじまりは、「ぬかどこ」だった……。あらゆる命に仕込まれた可能性への夢。人間の生の営みの不可思議。命の繋がりを伝える長編。

吉本ばなな著　とかげ

私のプロポーズに対して、長い沈黙の後とかげは言った。「秘密があるの」。ゆるやかな癒しの時間が流れる6編のショート・ストーリー。

吉本ばなな著　キッチン
海燕新人文学賞受賞

淋しさと優しさの交錯の中で、世界が不思議な調和にみちている――〈世界の吉本ばなな〉のすべてはここから始まった。定本決定版！

吉本ばなな著　アムリタ（上・下）

会いたい、すべての美しい瞬間に。感謝したい、今ここに存在していることに。清冽でせつない、吉本ばななの記念碑的長編。

吉本ばなな著　うたかた／サンクチュアリ

人を好きになることはほんとうにかなしい――運命的な出会いと恋、その希望と光を瑞々しく静謐に描いた珠玉の中編二作品。

吉本ばなな著　白河夜船

夜の底でしか愛し合えない私とあなた――生きてゆくことの苦しさを「夜」に投影し、愛することのせつなさを描いた〝眠り三部作〟。

よしもとばなな著　だれもの人生の中でとても大切な1年
―yoshimotobanana.com 2011―

今このときがある幸せの大きさよ。日々の思いを読者とつないだ10年間に感謝をこめて。大人気日記シリーズは、感動の最終回へ！

新潮文庫最新刊

宮部みゆき著
英雄の書（上・下）
中学生の兄が同級生を刺して失踪。妹の友理子は、〝英雄〟に取り憑かれ罪を犯した兄を救うため、勇気を奮って大冒険の旅へと出た。

重松　清著
ロング・ロング・アゴー
いつか、もう一度会えるよね——初恋の相手、忘れられない幼なじみ、子どもの頃の自分。再会という小さな奇跡を描く六つの物語。

石田衣良著
6TEEN
あれから2年、『4TEEN』の四人組は高校生になった。初めてのセックス、二股恋愛、同級生の死。16歳は、セカイの切なさを知る。

神永　学著
ファントム・ペイン
—天命探偵　真田省吾3—
麻薬王〝亡霊〟の脱獄。それは凄惨な復讐劇の幕開けだった。狂気の王の標的となった探偵チームは、絶体絶命の窮地に立たされる。

小野不由美著
魔性の子
—十二国記—
孤立する少年の周りで相次ぐ事故は、何かの前ぶれなのか。更なる惨劇の果てに明かされるものとは——「十二国記」への戦慄の序章。

小野不由美著
月の影　影の海（上・下）
—十二国記—
平凡な女子高生の日々は、見知らぬ異界へと連れ去られ一変した。苦難の旅を経て「生」への信念が迸る、シリーズ本編の幕開け。

かけら

新潮文庫　あ－71－1

平成二十四年七月一日発行

著者　青《あお》山《やま》七《なな》恵《え》

発行者　佐藤隆信

発行所　株式会社　新潮社

郵便番号　一六二—八七一一
東京都新宿区矢来町七一
電話　編集部(〇三)三二六六—五四四〇
　　　読者係(〇三)三二六六—五一一一
http://www.shinchosha.co.jp

価格はカバーに表示してあります。

乱丁・落丁本は、ご面倒ですが小社読者係宛ご送付ください。送料小社負担にてお取替えいたします。

印刷・大日本印刷株式会社　製本・株式会社大進堂

ISBN978-4-10-138841-0 C0193